타이포토피아

시와반시 기획시인선 012

타이포토피아

김청우 시집

시와반시

| 차 례 |

quartz
　　－ 시간에 쫓기는 사람의 이야기

내 고향은 목성이야
바다에 시멘트로 된 나무가 자랄 때 손을 곱게
뻗어
실핏줄 따라 갈라지는 점멸點滅을 가리켜보지
주의 깊게 주위를 돌고
그렇게 산산조각 모양으로 금을 그어봐, 집게
혹은 집기, 아니면 '화'로부터 '월'을 지키기 위
해
자정을 넘기는 말들아
말들아
땡— 땡— 미끄러져 내려오다
뒤도 볼 수 없게 목이 잘린 신데렐라의 구두口頭
들아
모두 어디 갔니?

쭉— 쭉— 솟는 핏줄기로 건강한 말이었음을
증명하는 지금, 질질 끌린 고삐야

이렇게 발목을 잡아채 봐

　수평선이 붉게 넘어져 '수'가 저물고

　　　　　'금'이 저물고

　마주 보던 '토'와 '일'이 변기 속 검은 구멍으로

되돌아가네

　자, 발아래서부터 달이 뜨고 움직일 수 없게 된

　두 개의 다리에서 사람의 음성이 음각陰刻될 거야

　자, 모두 서역으로 가는 법사처럼 목소리

　높여 금각, 은각을 불러

　금을 긋고 은밀히 숨어 기다리면

　지구의 가치 있는 원소를 낳는 시각이 될 거야

　눈이 가루가 될 때까지 같이 가자,

　가짜는 한 곳만을 바라본대

　그 반대는 두 곳을 보는 건가? *난 돼지띠고 황소*

자리지

　고운 유리 구두는 반짝반짝 곱게 빻인 채 더이상

　유리하지도 않은 말을 담고 이륙하네

제 궤도에 오르기 위해 하나씩, 하나씩 촘촘히
이륙하네
빨려들기 위해
타인의 눈 속에서 아름답게 죽기 위해

Bon voyage

아무것도 아니어서 바이러스가 되고 마는 낮
결과로서의 감염은 움직였다는 것
뿌연 시야를 걷는다는 공통점에서 누군가는 안
도한다

눈 밑에 자리한 살은 볼이 아니었다
그늘의 주유소로부터 도시는 시작되고, 끝난다
그 앞에서 엔진은 떠는 법과 떠나는 법을 전수한다
부드러운 곡선을 그리려 애쓰는 입꼬리
긴장하면 꼭 한 번씩 터지는 볼,
그 장면을 보는 자들의 눈밑은 조금 다른 방식으로
움직인다

　　　그렇게 잘린 낙지 다리들처럼 꾸물대며
나는 어렴풋이 아는 당신이 되어 우물쭈물
이 습관성 도시에 들어서는 중이다
사람이 감염되면 집을 찾아오게 마련이다

집은 사람을 퇴치하기 위해 감염되기 전의 사람을
보내고, 그것은 야구처럼 반복된다

STRIKE

　　　의식은 벨소리를 들은 개의 혀처럼
움직인다, 깔딱깔딱 망치질을 하는 혀끝
턱없이 부족한 되새김질 앞에 선 빨판 달린 착각

___(턱)―봄, 궤도를 따라 걸어가는 행성

___(턱)―여름, 궤도를 따라 걸어가는 행성

___(턱)―가을, 궤도를 따라 걸어가는 행성

___(턱)―겨울, 궤도를 따라 걸어가는

저 행성을.

▶ 몇 개의 구절로 된 법 앞에서 조용히 공기를
핥는 것
당신이 꾸물대는 사이에 뿌연 증식의 걸음을
시작하는 바이러스: 도시가 턱이 없는 당신을

위해 걸쭉한 문장들을 눈구멍에 흘려보내는
것처럼, 말 그대로 씹을 필요도 없고
삼키기만 하면 된다, 이 문장을 보라!*

＿(탁)—그래서
＿(탁)—그러므로
＿(탁)—그러니까
＿(탁)—그리하여.

▶ 다음에 오는 것은 정의定義다, 습관적으로 이
것은
이것이 아닐 수도 있지만 보통 그것이다
갈색의 도마뱀들만이 이 도시의 숲을 횡단할 뿐
어떤 것은 더러 엔진과 바퀴 사이에 끼어 죽기도
하지만
알 턱이 있나, 저렇게 잇지만 절단된
꼬리들처럼 놓여 있는데, 구구절절, 구구구

내려와 땅바닥을 쪼아대는 비둘기 떼만을 피해.

▶ 도시=머리+가슴+배, 내가 어렴풋이 아는
당신은 결국 여기서 소화될 것이다
서로 엇갈리는 축과 축 사이에 걸려
소화되지 않고 남는 문장을 찾아야 하겠지만
뭉개지는 스카이라인에서 밤을 읽어내는 펜은
누구나 가질 수 있는 것
당신이 어렴풋이 아는 내 머리 위로 궤도 같은
한줄기 바람이 분다, 콜라처럼 평등하게.

신이 지은 죄의 정점에서 비로소 그 이름을 부를
수 있을 것이다.**

〈추신〉 "오직 우주여행을 하는 문명만이 이 우주
선을 보고 음반을 틀어 볼 수 있을 것이다. 하지만
우주의 '바다'에 이 '병'을 띄워 보내는 것은 이 행

성에 무언가 희망적인 것이다." - 칼 세이건, 보이
저(Voyager) 1호의 금제金製 음반에 대해.

* F. 니체, "Ecce Homo(이 사람을 보라)."
** W. 벤야민, 「종교로서의 자본주의」 중에서.

나의 기린 남자는 깃털 모자를 썼다

한층 가벼워진 밤, 그만큼 들썩이는 간판이 지금
막 손님에서 행인이 된 이의 머리 위로
받지 못할 사과 모양 떨어질 밤
날 만든 이들이 오래전부터 건너는 강물
심장보다 조금 위를 흐르는, 휘도는 물까지
한 대목 가진 물, 내, 방 한쪽 그림자 길게 늘인
기린 남자

앞에 한 사발 떠놓는다, 달이 지구를
감싸 도는 시간에
그렇게 아무 곳에서, 아무 때나 주고 또 주는 물
한 번씩 돌 때마다 한 겹씩 늘어나는 습관들
그래서 결코 줄어들지 않을 사육
동그란 달빛이 된 햇빛을 지면과 월면 사이의 거
리에서
휘돌아 나가는 어두운 구름

축축한 새만큼 자라라, 위아래로,

위아래로, 달아나는 기린만큼 목뼈를 늘리는 새

지구 한 켠에 바둑돌 모양 놓인 눈에 무늬가 새
겨진다

네가 가진 내 심방과

네가 없는 내 심실의 간극이 점점 커지고

더이상 공중에 매달릴 순 없으니까

잎끝에 남은 기린의 얼룩덜룩 혀와, 닮은 침을
생각할 때

무늬는 잘못 놓인 바둑돌로 흔들린다

쪼개진 사과 속에서 나의 기린 남자는 도망을 흉
내 내고

화살표들, 거역할 수 없는 짜임으로 쌓아 만든

내 기다림의 새장으로 기린 남자를 들인다

퀵서비스 콤플렉스

오토바이 배달부의 ㄴ자로 꺾인 다리에서 저리
는 오금
이동의 바람직한 자세, 혹은
바람과 모기향이 공유하는 술어가 앞으로만,
앞으로만 공기의 지퍼를 가르고 나아가는 것

          호박은 신데렐라 이후로
          밤12시에만 열리는 쇼를 의미했어요

무대를 나눠 가졌다는 말에 밑줄을 긋는 핏줄 같
은 관계
그전엔 아무것도 아니었다
호박에 갇힌 채 배달된 모기의 가느다란 몸통과
다리들
그전엔 아무것도 아니었던

          그럴 때마다 그 애와 난

보상을 바라듯 파리처럼 붙어

침으로 서로를 녹일 뿐이었죠,

 한 꼬집의 소금으로부터 식재植栽된 바다

 용암처럼 조용히 끓고 있는 수프, 모든 일은 계
획대로

 입안에서만 맴도는 웃음, 수프의

 표면에서 뽀각뽀각 터지는 재료들의 이름

 형상기억합금처럼 한 시점으로만 견고한 너와의
기억,

 압력을, 열을 가할 때마다 침대의 스프링처럼

 튀어 오르는 인상—복원되는 운동의 서사

 그것은 오래된 보물지도 같지만 어디에도

 ×표 따윈 없는 철저한 비밀지도—

그 피부에 내 침이

있는 힘껏 닿으려고 할 때
겨우 세계는 표면장력을 갖는 거예요

×표는 틀렸다는 것, 뒤틀리거나 틀어져 버렸다
아니면 틀림없다는 것
현관문에 붙은 십자 표시는 죽음이
거르고 지나가는 데 틀림없다는 말, 혹은
죽음이 틀리지 않았음이 틀림없다는 말
수은처럼 존재의 전제로 뭉친 창문의 온도 차는
아무 말 없이 시들어가는 뿌리의 모습으로 의혹과
불신의 개념을 개종한다
비 오는 놀이터처럼 붉은, 시린, 적막의 냄새로
잘 포장된 네 다리 사이
앞에 엎드린다, 오래 바랜 빛깔, 그렇지만 신선
하고 선명한
탈피의 냄새. 잘 배달된 슬픔이었다.

마시멜로의 주말 멜로드라마

⟨상층⟩

아이스크림: 내던져진 사물, 아직 썩지 않은 조개처럼 이제 막 하얀 발을 내밀어 세계를 밝히는 순간에 와있습니다. 달고 부드러웠던 세계는 점차 점성을 띠고 퍼져가는 세계가 됩니다. 머릿속에 거미가 줄을 쳐서 벌레를 기다리는 느낌이죠. 그렇게 사랑하는 이를 만나러 가는 길은 밝고 빛은 모공으로 들어와 각자의 불을 밝힙니다. 우리는 환한 얼굴이 됩니다. 햇볕을 가리는 손등에서 작게 맥박이 뛸 때 내가 생각하는 나는 팔목을 감싼 작은 장식품이라는 사실이 밝혀집니다. 혼자서 저 먼 곳을 향해 뛰는 맥박만이 밝은 한낮을 떠올립니다.

⟨중층⟩

핏줄을 도는 맑은 눈물의 전생은 희고 딱딱한 파

라핀.

쌓이고

쌓이고

적요의 거리가 전도의 팻말을 세우는 광경을 도와줍니다.

의혹에 쌓인 눈을 피해 열리는

—마시멜로—

—초콜릿 파이—

—마시멜로- -가 눈곱처럼 낀 초콜릿 파이를 먹는 화장실입니다.

화장실 문을 닫으면 보는 눈은 없고 갈등도 마찰도 없어서 스스로 마찰을 빚을 일밖에 없습니다. 그래서 달콤한 초콜릿 파이를 먹기엔 최적의 장소. 자위로 흘린 흰 눈물과 파라핀은 그저 가깝기만 할 따름. 하나는 아닙니다. 그러나 다른 건 아닙니다. 어떤 감정도 같은 거미줄에 휘말릴 수는 없지만 온전한 나이면서 내 온전하지 않은 스스로이기 때문입니다.

〈하층〉

사람의 아들이 죽은 이후부터 여긴 천국이 되었지만, 일주일은 기어코 완성되지 않습니다. 단지 일주일이라는 이유로. 그건 여자와 남자가 가리키는 말이 코걸이나 귀걸이 같은 것과 마찬가지죠. 길은 반복됩니다. 포장도로, 흙길, 포장도로, 흙길, 이렇게요. 갑니다. 줄을 밟는 발끝이 작게 떨리는 걸 느끼며, 그대들의 살아있음에 적잖이 감동합니다.

네, 곧 갑니다. 끈적이는 길을 피해
방 한구석을 조용히 무너뜨리기 위해.

어느 날의 히치하이킹

움직이지 않는 차의 타이어가 열매처럼 부풀다가 이내 터진다. 공석空席을 뒤로하고 굴러들어온 질문에 빠진다. 괴물들의 시대는 전방으로부터 2시간가량 떨어져 있으며 계속 시간은 간다. 가는 시간이어서 시간 안에 도착하지 못한다. 유령은 2시간 동안 히치하이킹을 시도했지만 별 소득이 없다고 밝은 곳에 털어놓는다. 질문을 얇게 저며 양지바른 곳에 놓아두게. 화학적으로 잘 섞인 가스가 피어나 네 호흡기와 피부를 자극할 때 존재의 의문은 풀릴 거야. 유령은 시키는 대로 했지만 발광하며 길에 뛰어드는 습관은 여전해서, 끝내 질문이 굴러오는 것을 막지는 못한다. 그래서 어쨌다고요?

넘치는 설명은 달콤한 요구르트병을 비워낼 뿐, 병의 상태는 호전되지 않아 누구도 찌그러지는 것을 막지 못한다. 왜죠? 그림자 같은 침묵이 길가에 길게 누워있으니까. 잘 익도록 누름돌을 얹은 모습도 함께. 이마는 침묵을 가르고 나아가기 위해 그

수많은 모공을 막도록 진화해왔다. 멈춘 상태의 송전送電 같은 것. 돌과 지면 사이에서 퍼지는 힘은 너무나 조용해서 이내 유령의 발목에 엉겨 붙기 시작한다. 쿵쿵, 코끼리의 코가 필요한가? 유령은 멈춘 자동차처럼 묻는다. 내가 말한 이 세계가 서로 목을 잡고 끼리끼리 편 가르기 전에 굳은 피를 국자로 퍼 나르는 행동이 필요한가? 대답을 이 말로 대신해도 될까.

"나를 먹어요."

단 두 걸음 떼었을 뿐인데 갈라지는 골목이다. 모퉁이를 돌 때마다 하얀 종이로 접힌 종이학 떼가 또 다른 지평선을 쥐고 나르는 장면이 펼쳐지는 걸 상상한다. 입 다문 택배 상자를 질문처럼 나르는 사람들. 그들의 말문 속, 날개처럼 펼쳐지는 질문은 지표조차 될 수 없었다. 모퉁이를 돌 때마다 활짝, 웃는 종이학, 그 안에서 또각또각, 검은 글씨로 말이 걸어온다. "나를 먹어요." 접히지도, 잡히지도 않는 대화의 연속. "어째선지 목소리가 갈라져요, 어쩐지 목에도 눈이 생길 것 같은 느낌!" 내심 기대했지만 생긴 건 도무지 이해할 수 없다. "내가 진실로, 진실로 네게 말해요, 눈처럼 안 보여서 눈도 아니고, 그렇지만 안은 안 보이는 구멍이란 걸."

자판기: 자기를 파는 기계

부드러운 피부와 은빛 침, 투명한 관, 붉은 피

200㎖, 투명 비닐 주머니 등을 집어넣고 각각 번호를 매겨놨습니다. 물론 종합세트도 살 수 있게 만들었습니다. 거기엔 마지막 번호를 붙였죠. 이 자판기를 우선 동네 어귀에 설치할 겁니다. 모든 시작은 자신의 동네에서부터 이루어져야 하니까요. 봉사도, 그렇습니다, 봉사도. 흡혈의 본능은 빨대가 발명되었을 때 오독된 결과로서 공공연한 비밀이 되어 지금에 이르렀습니다.

꽃이보이　지않는다꽃이향기롭다향기가만
개한다나　　　　　　　　　　　는거기묘
혈을판다　묘혈도보이지않는　　다보이지
않　　　　는묘혈속에나는들　　어앉는다
나　는　　　눕는다　　　　　　또꽃이향
기롭다꽃은보이지　않는다　　　향기가만
개한다나는잊어버　리고재차거　기묘혈을
판다묘혈은보이지　　　　　않　는다보이
지않는묘혈로나는꽃을깜　　　빡　잊어버리
고들　　　　　　　　　　　어　간다나는
정말　눕는다름을　꽃이또향　기롭다보
이지도　않는꽃이보　이지도않　는꽃이틈*
안해를　즐겁게할름　들들이틈　입하지못
하　　　　　　　도록　　　　　나는창
호　름닫고밤낮으로꿈자리　가사　나와서
가　위를눌린다어둠속에서　무슨　내음새
의　　　　　　　　　　　　　　　　꼬리**
　름틈름름　름름름름름름　　름틈름　　름
름름름름　름름름름름름름　름름름름틈름
름름름름　틈　　　　　　　　틈름름름
름틈름름　름　름름름름름　틈름　틈름름
름름름름　름　름름름틈름　름름　름름름
름틈름름　름　　　　　　틈름　름름름
름름름름　름　름름름름름름름　　름름름
름름름틈름　　　　　　　　　　　름름름
름름름름름　름름름름름름름름름름틈든한틈

그래서 흡혈귀 따위는 구시대의 유물입니다. 뜨거운 여름날, 빨간 천으로 감싼 자판기를 질질 끌며 집을 나섭니다. 동네 앞 마트에서 산 200㎖ 빨간 딸기맛 우유를 빨아 먹으며 더위를 식히는 것도 빼먹지 않습니다. 건물 사이로 부는 날카로운 바람 한 줄기가 피부의 열을 빼갑니다. 잘못 생각했던 것 같습니다. 얇고 찬란한 색종이의 약속만이 살아 앉을 수 있는 세계에서, 새빨간 게 거짓말의 조건이라면 이 빨간 상자 앞에서 어떤 선언도 곤란해지고 말 겁니다. 딸기가 없는 딸기맛 우유는 이제 바닥에 이르고.

　　차라리 잘된 일이다. 검은 것은 썩은 것이고, 썩은 것을 먹으면 배탈이 난다. 피해가 오기 전에 피해간다. 하지만 먼 길은 서로 가까운 뱃가죽과 등가죽 앞에 있다. 검은 말들을 꺼내느라 파헤친 학을 가늘게 썰면 도마는 들썩거린다. "좀 더 빠른 동

작으로 해주겠어? 아침까지 기다리는 그의 불길함
을 생각해줘"라는 말소리로. 불안이 아니라 불길?
어떤 말은 여리고, 가늘다. "물에 충분히 불려 서로
오해가 없게 해야 해요." 불려온 약속, 시나브로 끓
는 물 속에서 종이학은 한참을 당황하며 불 줄여,
불 줄여, 외치고 급기야는 국물을 모조리 빨아 마
시는 장면, 그만 창문을 닫는다. 물이 줄어들 듯 줄
어들지도 몰라, 간은 잘 배겠지만 분량이 이보다
늘어나지는 않을 테니까.

* 李箱,「絶壁」변용
** 李箱,「追求」변용

비가悲歌

비가 온다. 젖은 바닥에 기름이 튄다. 사람들이
튄다. 어디론가 가듯 튀김옷은 이 상태에서 저 상
태로 이행한다. 입맛을 자극한다. 여자의 입을 클
로즈업하는 카메라에 남자의 목소리는 제법 높은
톤으로 튄다. 흥분한 관객들 사이에서 더 많은 음
식을 입으로 가져간다. 스페이스 인베이더의 적들
처럼 놓인 먹을 것들, 팩맨이 점을 먹을 때마다 입
을 벌리는 틈을 놓치지 않으려 카메라 렌즈는 줌을
앞뒤로 밀고 당긴다. 벌린 입은 가득 차 있지 않지
만, 그렇다고 비어 있지도 않다. 공간 침략자들이
줄지어 들어가는 입으로부터 몸과 몸의 바깥이 생
긴다. 그리하여 몸은 입을 통해 먼 공간을 향해 비
대해지기 시작하는 것이다. 자리를 가득 메운 관객
들은 다들 매운 얼굴을 한다. 상상을 메운 맛에 입

맞을 다신다. 파란색 대문을 지난 우리의 식욕을
재우기 위해 주절주절 낯설어 보이는 말을 제조하
는 날들. 연인들. 서로 입 벌려 멱살 잡듯 입맞춤
을 하고 나면 눈 떴을 때 보이는 얼굴이 낯선 것처
럼, 이런 예언 같은 예언? 그 순간을 위해 서로 들
들 볶고, 다시 비가 온다.

사탄은 번개처럼 떨어진다*

0

탄소연대측정법이 겹겹이 쌓인 밤에
눈만 꺼내 틈틈이 끼워둔 고양이들
가로수 허리춤에 앉아 꼬리를 늘어뜨리고는
눈 주위에 슬쩍, 허파를 건다, 살짝만 눈에
       띄게
자리 잡은 주름.에게는 시간이 있다
시간은 주름. 옆에
항상 있어서 언제나 함께 밥을 먹을 수 있다
그러나
신경을 쓸 수 없는 주름.진 뇌에게 아픔을
건네줄 수 없는 건, 그 무엇도
누구의 것이 아니기 때문이다
긴 머리와 짧은 머리, 혹은 없는 머리 사이에서
뒤돌아선 마음이 자란다, 펄럭거린다
그렇게 넓어지는, 혹은 좁아지는 면면이 게시하

는 건

0

일조권을 쌓으며 올라간 아파트 단지, 안에 담긴
길들과 적당한 거리로 홈질된 나무들
단지 엽록소는 조용하고 밝게 빛나며
직립한다
탄생으로부터 떠도는 죄가 나의 고속도로를 지나
결코 나와 무관한 길을 갈 수 있도록
나는 배경에 따라 행동을 바꾸고 하나의 행위로
배경을 바꾼다
무관심의 법칙과 반상회의 법칙
땅을 경배하는 자를 비호한다는 이유로 비를 맞
는 신문지
글자보다 밝게 검은 물방울 자국이 지도를 그림.
주름.은

　　　　한 점의 살과
한 줌의 쌀과
　　　　한 움의 숨.
물방울 자국은 제자리에 도착하고 싶어 점점 더 큰
동그라미가 됨. 마침표처럼. 젖꼭지들. 찍힘.

0

이불을 머리끝까지
　　　　끌어당긴다—
밤은 함부로 머리를 쓰다듬으니까
배는 꼭 덮고 자렴—겹겹의 이불이 필요해
배꼽은 유령들의 통로인가 봐, 그렇게
말씀하시는 걸 보면
배탈을 유발하는 유령들, 유령의 입자들
　　　　그 사이에
틈틈이 끼운 눈을 빼어 다시 삼키는 고양이들

사람의 눈을 가졌다면 밤길만 다닐 일은 없었겠지
집게와 물고기와 염소와 말없이 염색된 화석을
생각한다
친구가 한 장난처럼
화석은 지금 등 뒤에 붙어 있다
이게 똑바로 못 눕는 것에 대한 변명

* 르네 지라르, 『나는 사탄이 번개처럼 떨어지는 것을 본다』
의 표제 변용.

벽 속으로 꼬리를 숨기는 법

꼬리가긴생각이어서　　　문은닫히지않는다
아직세상에아이들이　　　들어올틈이생긴다
　　　　살금　　　　　　　　살짝
발밑을흐르는냉기와　　　피가서로알아보듯

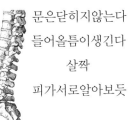

문제를 덮는 침대 위로 뜬 눈
잠길 만큼 무거운 잠과 문제를 뒤집어쓰지 않는다
그래서 아픈 눈과 함께 있을 수 있고, 난 외롭지
않다
　입술과 발을 숨기는 시간— 뜬 눈은 미처
줄을 감지 못해 해를 띄운 채 이내 난감해진다
의문은 낯설고 낯섦은 빛나기 때문에 낯설어서
빛나는 의문이 머리 위에 둥둥 뜬다
공기보다 뜨거워서 가라앉지 않는 질문
아래서 벗을 옷과 입을 옷

모두 가지지 못했기에 우리는 꽤 현대적이었다

호주머니도 없이 문 안으로 들어서는 아이들
다정하게 앞서는 머리카락
의문을 빨아들여 검고 가늘어질 머리카락은
가로등처럼 위독하고 스스로를
이해하지 않는다
가느다랗게 뜬 눈 속에서 바람과 먼지의 결합은
간과될 수도 있겠지만. 죽음은 반쯤 열린 눈꺼풀
사이로만
들락날락한다
가벽에 붙은 천연색 사진이 바랠 때까지
내진을 위한 댐퍼 공사는 끝나지 않고, 물론
천연덕스럽게도

하늘을 뒤덮던 벌레들조차 눈으로 내려 수도꼭
지를 채우는 밤

하얗게 배가 부른 사람들이 갈라진 땅으로 향한다
부름은 대답을 부르지만
맹목의 지방에서 지구는 자꾸 미끄러질 뿐
주문서를 지상에 발붙여 준 접착제는 하얗게 굳
고 살짝, 들떠
있다. 말하기 전까지는 신이 났다는 듯이

가정

1
옆으로 눕는 건 위험해
왼쪽으로 누울 때 감정은 오른쪽에서 자라고
그 반대로는 왼쪽에서—
그러면 잘라야 할 손목과 발목이 많아지니까

　외면에서 어깨를 잡는 사람의 얼굴을 똑바로 쳐
다보기는커녕
　넙치의 시간, 창자도 못 꺼내게 그저 뒤집기
　뒤집

　　　　뒤집
뒤집

　　　또 뒤집뒤집
　미러볼은 두 시간 째 외면하는 애인을 빙빙 돌리고
　이제는 납치의 시간
　와이퍼처럼 반원을 그리며 무관해지는 자세만을
연습해

빗물도 아닌데 빗물처럼 튕겨 나가는
몇 점의 살 조각
되도록 멀리멀리 보내는 각도를 연습

2
출생의 비밀, 발굴되는 먼 장소, 각을 늘려가는
관계
TV채널을 올리다 말고 또 내리는 손동작에 달이
기울고
그래서 너는 점점 그림자 지는 달의 바다에서 멱
을 감기 위해 안대로 코를 막지
코로 안대를 막는 걸지도 모르지만
그럴수록 회전문은 더 빨리 도네

((((((풍덩))))))

겹겹의 주름에 주목하지 않을 수 있습니까

겹쳐진 동공은 냄새 없는 백지가 아니라서:
빠질 수 없습니다
겹겹이 분산된 초점 없는 공동空洞이라서:
빠질 수밖에 없습니다

―옆 사람을 걱정하는 데 눈을 뺏기고 싶지 않았
어요

집어[아이는 손과 입 사이의 궤적을
그릴 수 있게 되었네]**먹으렴**
계속 뽑고 뽑아도 끝내 옆구리로 들어가고 말 칼날
회전하는 눈으로부터 얇게 저며진 몇 장의 살

출입의 간격에서 어떤 난항이 항구처럼 생겨난다
떠나길 종용하거나, 떠나면 해결될 것 같은
　　　　(똥은 끝내 그렇게 떠나네)

3

항문에 물이 차올라 항상 휴지를 물고 있는 사람
수포水疱가 올라오는 달의 시간, 그 뒷면은
모든 일이 수포로 돌아가는 시간

가죽 한 겹 아래의 복사뼈처럼
다른 것들보다 튀어나왔다고 더 가까운 건 아냐
복사된 것인지 아닌지는 알 수 없으니까
불빛을 복사하는 미러볼은 불 꺼진 방에서 둥둥
헤어진 애인들처럼 돌아간다, 반짝반짝
미친 척 질문하는 애인들, 막장까지 치닫는 메모들
발목부터 붉은빛이 새드는 문틈까지
조석간만의 차로 밀려오고 밀려 나가면서
구불구불, 리아스식 해안이 늘어, 간다

뉴로코스모스

1
거실 같은 푸른 숲 한가운데 똑,
떨어졌어요, 그 가운데 만난 한
똑똑한 사람은 마음대로 가라고 말했죠
산소 두 개를 양옆에 끼고
이산화탄소가 된 아이들이
충분하게 선 시푸른 신호등 앞에서
　　　하고 싶은 사람들은 없겠죠
명령은 말속에 있었기 때문에 여긴
　　　하고 싶은 숲이 아닙니다

푸른 숲이 아니므로
푸른 숲을 상상하면
거실에서 팔짱을 낀 채 굳은 엄마만큼 곤란해져요
아무래도 늙은 쥐처럼 방바닥을
닦을까 봐, 쥐 잡아먹은 입술처럼, 더럽게 지워
질까 봐

가지와 자극이 전달되었어도 치자나무는 아닌 것

마른 가지가 똑, 부러져도 물푸레나무는 아닌 것

거실은 하도 넓어서, 가도 가도 가지 같은 내 방
으론 절대 못 가지요, 마른 목이 콜라를 마신 듯,
타올랐어요, 불과 콜라 앞에서는 모두 평등해지니
까요, 아울러

2

콜라 거품만큼 혼자, 부글거리는 오후 4시를 떠
올려요, 우리가 탄산처럼 끓는, 물속에 서서 라면
을 풀어헤치는 동안, 뇌처럼 온전히 평등한 것(이
제부터 3분을 잽니다), 신경은 강아지처럼 뛰어가
요, 저기요, 여기에는 할 말이, 없어요

**3분이 우릴 이렇게 만들었어요, 빌어먹을 똑
같은 3분!**

개꼬리가 왼쪽 ↔ 오른쪽, 방향을 좌우하는

방식으로 검은 머리카락 뿌리를 향해

내려갑니다

     과립층

     유극층

     기저층

면발 같은 머리카락을 타고 도착합니다

빨대를 타고 내리는 침 · 침 묻은 빨대를 엄마에게 건네고 · 내려서 좌우를 봅니다. 공기보다 무거운 냉기가 판단을 내린 모양이네요. 냉동실에 가득 찬 · 검은 봉지 같은 사건들 · 무엇이 들어있는지 · 입이 묶여 · 의미심장합니다 · 냉기로만 꼼지락거리는 · 기억이 나지 않아요 · 우리는 검은 봉지 안에서만 · 진정 · 평등하니까요

아픈 배처럼 붉은 립스틱을 쥔 채 가로지르는 거실

라면을 헤집고 돌돌 말다가 콜라를 돌려 따는
손이 석고상처럼 굳어도 속지 말아요
돌돌 밀어올린 립스틱이 다시 내려가지 않아도
굳지 말아요
여기는 시푸른 숲이 아닙니다, 말도 말아요

초코볼의 성

1

초코볼은 딱딱한 설탕막으로 싸여 살 사람을
기다린다
빨강, 파랑, 초록, 노랑의 살을 가진
빨간색과 파란색이 서로 다른 맛은 아니다
컬러바를 지나고 **가수는 노래한다**
"이 색은 되고, 이 색은 안 됩니다"
이것은 건강의 표시
들어있는 건 갈색의 달고 외롭고 끈적이는 감정
들어주는 건 높낮이를 구별하는 귀
너는 귀거래사歸去來辭: 귀, 거래, 사는 발동무
쇼핑은 말장난 같은 건데, 차이점은 재미의 여부다
전화: 동물─동물─여물통 두 개를 실로 연결
하면
소리의 이동 통로가 열리는데
이른바 차원전쟁이 시작되는 장면에서 멈춘다

2

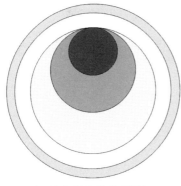

〈12세기 유럽의 성 구조〉

3

이렇게 거짓말을 했지만

빨강과 파랑의 차이를 살 사람들은

막대기처럼 뭔가를 가리키는 기다란 줄에 대기

할 따름

설탕막이 보호하사

보호색과 같은 가리기로 찬란히 싸는 사람들
엄선, 선별, 이런 말들이 고르고 고른 말처럼
화면에 뿌려지는 것을 보는 저녁
강물에 초코볼을 뿌리는 건 이제 불법이잖아
지난 세기말에는 그런 장면을 보는 게 꽤 달콤했
는데
이젠 통째로 불에 녹여 다른 통에 옮겨 담을 뿐
설탕막은 오래 보존할 거야
갈색의 빨갛고 푸르고 노란 똑같은 감정들을

4
"응."

또 말한다. "응."

"응?" | "응!"

구체球體적으로 완강한 우주적 응답은 두 개의

초코볼이 만드는 최대공약수일 것.

두 개의 같은 대답이 가로선을 사이에 두면서

우주는 확장된다

생각하는 고민은 두 개의 날을 가진 가위니까

카카오 원료의 함량이 낮아도 맛있는 초코볼이 될

확률은 몇 %인가, 라고 질문하자

5

아, 그러나 당신은 망각에 맺힌 별사탕입니다

파열의 방향을 가리키며 빛나는 차원의 문들, 내

다시

태어난다면 건빵 위에 놓인

끝내주게 차원이 다른 두 개의 별사탕을 이어

망막에 맺힌 이야기로 한 땀 한 땀 엮겠습니다

물론 그 전에 눈은 기어이 썩고 말겠지만.

엘시노아, 성 위의 망대
─『햄릿』*의 신경증적 읽기

버나도 : 거기 누구요?

프란시스코 : 아니, 내가 묻는다. 멈춰 서서 정체를 밝혀라.

버나도 : 종이 만세!

프란시스코 : 버나도?

버나도 : 응.

프란시스코 : 정확하게 제시간에 맞춰 왔군.

버나도 : 종이 막 열두 시를 쳤어. 자러 가, 프란시스코

프란시스코 : 그들 소리가 난 것 같아, 누구냐?

호레이쇼 : 이 땅의 동지요, 왕의 충실한 종이다.

(웃음소리)

프란시스코 : 서라! 누구냐?

오필리어의 유령 : 물에 잠긴 것은 다시 떠오르기 마련이죠.

햄릿 : 네 의도가 사악하든 자비롭든지 간에,
　　　질문 가능한 형식으로 왔으니 난 너에게

말을 하겠다. 오, 대답하라.

오필리어의 유령 : 아무리 그림자를 삼켜도 은쟁반 위 선지자의 머리는 더이상 커지지 않아요. 아이들을 살찌우는 피로 가득 찬 유방, 해바라기 꽃은 피었는데 해와 꽃은 왜 서로 떨어지지 않나요? 공중에 뜬 손들이 물에 조금씩 번져가는 붉은 잉크를 떠 식빵에 고이 발라 줄 때, 반대편 바닥에 누운 두 사람의 윤곽은 소름 끼칠 정도로 잘 들어맞죠. 수면을 경계로 위아래로. 파선된 유령들의 배는 그렇게 정박하고 말 거에요. 그리곤 심판이 벌어지겠죠.

햄릿 : 내 수첩. 적어두는 것이 좋겠어,

오 모든 하늘의 주재자들이여! 오 땅이여! 또 무엇이 있지?

지옥도 불러내 볼까? 오 빌어먹을! 견뎌라, 견뎌, 내 심장아,

그리고 너, 내 힘줄아, 바로 늙지 말고,

꼿꼿이 날 지탱해다오.

오필리어의 유령 : 기억하세요. 어긋나고 갈라져 버린 두 사람을 통과하여 한 사람이 나오는 그 지겹고도 숭고한 일을 위해. 그렇게 반복되는 우리와 그 사이의 유산과 상속. 화장은요, 지웠나요? 지워졌나요? 핥아서 먹어치워야 해요. 그건 단지 죽음을 유예하는 천연색 습관. 죽음은 습관의 거울이 깨질 때 그 틈으로 내미는 얼굴이에요. 대신 물을 들일래요. 빠져나가는 게 무서워 오늘 밤은 과녁이 되라는 말이죠. 난 물 위에 뜬 과녁, 겹겹으로 싸인 이름들을 낳는 거대한 질문. 모호한 윤곽으로만 남고 싶지 않나요? 열두 번 고쳐 쓴 초대장, 햇살을 모아 태워버린 열두 장의 연애편지 같은.

햄릿 : 여기 적어두었다. 이번엔 내 다짐.

'잘 있거라, 잘 있어, 나를 기억하거라.'

그러리라 나는 맹세했노라.*

* 최종철(민음사, 1998)의 번역본을 참고함.

네버랜드

숨을 따라 날벌레 몇 마리 들어온다.
거스르기 어려운 공기의 흐름이라는 것,
날개가 감당할 수 있는지 없는지는 이렇게 추론
할 수 있다.
입안에 고인 침을 재빨리 훑어 모아
툭, 뱉어낸다. 이윽고
멜로디가 과즙처럼 흘러나올 때
흰 접시 위 회전목마, 함께 말들이 돌기 시작한다.
한쪽에는 파슬리처럼 이식된 녹황색 나무들
목마들 속에 섞인 녹색 용龍은
인기가 많다. 자리가 없다.
용상은 만석. 말은 빈 채로
말이 한 마리
말이 두 마리
열 개의 창문들이 열리고 닫히며 돈다.
위―   위―
    아래―   아래―

둥근 하늘이 낮게 내려앉고 나무들은

접시 귀퉁이 쪽으로 살짝, 들어왔을지도 모른다.

말과 말 사이에 날름거리는 녹색 용, 그 빨간 혀

햇볕에 회전목마가 반으로 나뉠 때

갈래머리를 땋는 빨간 혀끝, 앉혀놓은 믿음

계시를 주소서, 주옵시고, 주라니까

오— 주여—

말들은 날지 못하고 고인 침 웅덩이에 빠져 죽

는다.

창문이 반짝이듯이 끄덕끄덕 네버네버

초저녁의 기수旗手

1

거미는 꽁무니를 빼며 머리부터 다가온다. 줄줄
— 인사를 가락처럼 뽑으며 들어오는 당신. 그렇다
면 내가 안에 있었던 것이겠지만, 링은 울린 적이
없다. 짧은 순간, 고무줄로 엮은 벽에 축축이 스며
들었을 뿐. 튕기지는 않았기 때문. 울고 있는 사람
을 어떻게 꺼낼까, 벽지처럼 붙어 꼼짝 않은 채 울
기만 하는 사람. 묘안을 짜는 사이, 더 크게 우는
사람. 이마에 주름이 늘어간다. 주름을 잡으려고,
머리에서 어깨로 이어지는 목선, 줄기를 흰 수건처
럼 발밑에 던진다. 수건은 젖고 또 젖고 환한 벽이
된다.

2

첫 줄의 멜로디를 구상해봅시다.
사동형 문장으로
집을 짓는 뒤척임은 결코 당신의 대사가 아닐 겁

니다.

　그러니까

　사거리 중간에 서 있는 상점을 구성해봅시다.

　완전성의 개념으로밖에 사용 못 할 사각 링에서

　아직 링은 울린 적이 없습니다. 짧은 순간,

　손가락과 손가락을 하나로 엮는 링과

　발을 보호하는 껍데기와 지루함의 각질

　고개와 팔이 끄덕이고 둥글게 젓는 움직임일 뿐

입니다.

　인사가 분비되고 칭칭─ 감는 당신이 이겼습니다.

　뇌가 아니라 귀밑으로 신호가 지나

　간다는 것, 세탁기가 돌고 신호가 옵니다.

　언제나 칭호가 문제입니다, 당신을

　뭐라고 부르면 좋겠습니까.

　3

　우리는 땀으로부터 만들어졌다.

우리, 소금인형들은 뒤를 돌아보면 안 된다.

ㄴㅗㅣ/ㄱㅜㅣ

공작은 둥글게 날개를 펼친다, 이 모든 것이

「초저녁의 기수」를 조직하는 요소이자

쓸 수밖에 없을 줄, 그럴 줄, 안다는 것

진경산수眞景山水

대류식 자연 청소기 · 1

온몸에 담고 다니던 물로 왈칵, 울어버린 거미
난 또 하나를 울리고 말았지만
이 말의 사실 여부는 말의 바깥에 있는 것
입증에 관심이 없다면, 적어도
분위기에서 벗어나지 못한다는 거다; 계속되는
중력
분위기가 세계라면, 그건 얼마나 말랑말랑한지를
알려주는 말

대류식 자연 청소기 · 2

산을 오르는 건 사람의 몸에 어울리는 옷일까
지익—열리는 지퍼처럼 무릎까지 올라오는 흰 뼈
살을 벗어나 발을 옮기고픈 발

부유浮遊의 일념으로 몸을 띄운

거미집; 다리들 사이에 놓인 또 하나의 다리들

그 위로 발걸음을 옮기는 거미,

집은 벽이 없고 줄 뿐이라

막힘없이 이어줄 수 있는 거미; 지금도 몰래

내 머리 위를 돌고 있을 별자리, 점과 점을 잇는
놀이

운명, 사주四柱, 혹은 다리 넷

여름통, 다리 네 개 훌떡 쥐버린 개들이

골목통에서 목만 남아 짖는다

개소리에 곤두서는 신경처럼 먼 곳에서

있지도 않은 진경산수의 골목이 드러난다

개-나-골목 간 인력 혹은 척력으로

켜켜이 쌓여 있던 먼지가 뭉쳐 위성이 되고

대류 속에서 천천히 돌며 바닥을 쓴다

커진다, 거미집

누구도 빠지지 않는 골짜기

생각이 깊은 아이들은 벽과 바닥을 찧으며 논다
어디 보자― 촉진을 하듯
찧을 때마다 설탕이 후두둑, 떨어진다
설탕의 역사; 외로움 이기기와 사탕수수 짓이기
기를 잇기
달콤한 다리 찧기에 몰려드는 개미들
불시에 차들을 안고 입수하는 다리에서도 미학美
學은 등장하지만
이미 다리가 된 개미 떼처럼
접착제보다도 입에 잘 붙는 말들이 다리를 놓는
이상
끝내 건너갈 수밖에 없는 것, 입에서
입으로 다음, 다음
단 것을 찾아 주렁주렁 달리는 개미들,
똑같은 색의 점착성 메모지를 붙이고 다니는 짓

쩝

쩝쩝쩝쩝쩝쩝쩝쩝쩝쩝쩝

쩝

우리, 생각이 골짜기 같은 아이들

물이 홈을 따라 자꾸만 흐르는 진경산수의 생리

호두껍데기 속에서

귀처럼 웅크린 채 홈을 따라 발소리를 들을 수밖에

없는 태아

발구름에 이내 태어나는 주름들은 뭉게뭉게

현수막을 펼친다, 그게 맹목적인 태어남에 대한

위로가 될 수 없음을 알지만

구름과 바람과 물에 관여하는 단 하나의 방식이

니까

(혹은 설탕의 방식)

온종일 설탕만을 골똘히 생각하는 머리를 위한

처방. 설탕은 열량이고 열량은 불이므로
꽃을 주는 따뜻한 마음으로 *펄럭펄럭*
펄럭—수막 표면에 불꽃을.
머리는 태양처럼 스스로 타서 빛나고 없어질 것
이다
그렇게 머리가 아픈 만큼 풍경은 한 가지 색으로
보일 텐데

1번 트랙, 오직 1번 트랙, 맨 처음 눈을 뜰 때
보이는 걸 잡아먹자, 우리, 생각이
한 줄로 요약되고 마는 거미들

그 손을 놓아야 다른 걸 잡을 수 있어

이 언덕은 예전에 자주 올랐던 곳이다. 정상에는 평균대를 걷는 내가 있을 것이다. 올라가는 동안 균형을 잃고 내려가는 날 마주쳤지만 아는 척을 하지 않는다. 그쪽도 조심조심 발끝만을 집중하며 그저 스쳐 내려간다.

(내 다리가 움직이는 궤적을 계산한다. 그때의 내가 그런 생각을 했다는 사실로 인해 이것은 사실이 되었다.)

가로등을 따라 지퍼처럼 내리며 언뜻 비추는 손짓에도 결코 놀라지 않는다, 이것이 현대인의 증거. 얼핏, 누군가 누워있는 것처럼 보이는 심야의 자동차에도

구름은 고장 난 형광등처럼 깜박인다.
구름은 아무것도 마치지 못한다.

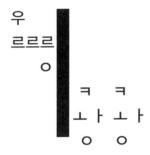

여전히 풀리지 않는 값을 쥐고 있어

이 방정식은 방문을 두드리는 손이 된다.

대입을 위한 노크 중

거울 속 눈물점은 우주로 통하는 문처럼 검고 깊다.

　그것은 지금도 등속운동으로 점점 멀어지고 있
을 죽은 우주비행사—

　마주 보며 하는 양치질은 무엇을 대입하는가,

　하지만 그저 칫솔을 물어볼 뿐. 썩은 이가 품은
검은

　점. 얼굴 위 마침표, 혹은 표적은 가렵다.

이 나쁜 양파! 아니면
양파를 가득 싣고 가는 트럭은 더 나쁘다는 것?
응, 더 나빠.
아냐, 붉은 망 속에서 녹물이 흘러내릴 확률은
적고
내일로부터 날아온 다트핀이 눈물처럼
끝을 맺잖아.

당신 어깨의 통증은 거기 앉은 귀신 때문이다.
물론 그 사실을 귀신같이 알아낸 사람일지라도 귀
신이 될 수는 없다, 귀신이야말로 귀신이니까. 그
렇게 거리의 자동차도 모두 무겁게 내려앉고 비가
내린다. 분명한 만큼 이 모든 것은 분명하다. 중력
더하기 없힌 하나의 투명한 답은

방문 앞으로 다트핀을 가져오는 것.

뉴턴의 박물관

걸어둔 사과가 떨어졌나 봅니다—
흔들리는 땅 위로 한 번도 걸린 적 없는—
사과가 담긴 나무상자를 밀어—
떨어진 사과가 있는 곳을 향해—

작은 통로를 만듭니다—
나무상자가 더이상 움직이지 않는 곳에서 통로
는 끝—
그 앞으로 넓은 공터가 나옵니다—

한가운데 두 줄의 레일이 8자로 놓여있습니다
두 대의 열차가 반대 방향으로 쌍팔을 그립니다
사방은 사과나무, 사과가 다 떨어져서 나무입니다
나무와 벽이 하나로 실현됩니다
벽에 사과를 걸어야 합니다—
그런데 촘촘한 조직을 가진 거대한 나무상자입
니다

모종의 조직을 파괴하는 방법은 그들이 세운 건축물을

철저하게 부수는 일입니다

벽에 사과를 걸어야 합니다만—

다행히 공구를 품에 넣고 잠입했습니다

나무들에 잠긴 반쪽짜리 빛이 저쪽을 가리킵니다

나뭇가지에는 아무것도 걸어두지 않았습니다

마녀의 과자로 만든 집을 발견하기란

여간 힘든 일이 아니기 때문입니다

어떤 항거로 사과는 포물선을 그리며 날아옵니다—

정확한 궤도를 따라 날아와 멍을 들입니다—

머리어깨무릎

발무릎발, 열차는 탈선할 때 서로 부딪히는데요

그래서 멍든 사과는 상품 가치가 없습니다!

날아드는 사과를 피해 공구로 나무를 찍어냅니다.

오직 통로를 만들어야 한다는 일념이 움직입니다

찍고, 또 찍습니다.

나무의 미세한 조직까지 찍어냅니다.

쉬는 시간에는 사과를 피해 사과를 씹습니다

공구 끝에서 나무 조각들이 튀어나옵니다―

자꾸만 현상現像되는 사과나무로 가득 찬 방에

잠깁니다

자기는 자기

피부 아래 흐르는 극성의 액체

그런 것 따위는 없지만

A에게는 여전히 다리가 붙어 있다

잘 포장되어 있고, 어디든 잘 걸어 다니니까

플라나리아처럼 나누면 또 다른 양극을 갖는 다리

만졌다하면 트집 잡기가 일쑤, 틈을 끄집어내는 것

지하 선로 벽에 붙은 기압계는 움직이지 않는다

왜냐면 이건 기압계니까요

화장실 중에 가장 화장실에 가까운 곳으로 이동
할 것

걸어서 이동할 것

배변 활동은 지우개와 왜 다른가

내레이터는 지우개똥을 뭉쳐 머리 만드는 취미에

빠진 이후, 자꾸만 뭔가 빠지기 시작한다

마치 당신의 우울에 당신의 우울만이 가닿듯

도착하지 못할 것, 하지만 A는 도착에 빠져있지

그래서 빠진 걸 뺄 순 없단 말인가요?

극성을 띤 전자의 습관을 습득한 A와
그렇게 베개 속에 빠져드는 A의 피
그 속에서 우리의 모든 회화는 3인칭이 된다
3인칭으로 약간은 의아한 위치에 매달려
머리, 가슴, 배로 울렁이지만 단 한 줄의 사랑을
믿는다
지하철에서 지상으로 스며들 듯 출몰할 것이다
지남철식 사랑: 직선으로 돌아 나올
단 한 줄의 사랑으로

가령, 우리는 익숙한 자세의 쓰러짐을 선택하고
연습했으며, 그것은 우리가 습기에 취약한 마분지
무릎을 가졌기 때문이다, 라고.

Moon Walker
– 고래가 나타났다

#1

M은 잠깐의 잠에서 고래를 본 것 같았다.

찾고 있던 흰수염고래는 아닌 듯했지만

고래는 고래였다고

붉고 푸르고 노란 3원색의 행로에서

M은 말한다.

추릅,

바탕색을 너무 마셔서 점점 하얗게 정돈되는 중

바탕색은 무슨 색입니까, 중얼중얼

입 밖으로 내다가, 또

턱 밑으로 침이 흐른다고?

턱받이가 잠의 필수품이라고 여기기엔

빛의 심도가 조금 얕은 걸,

그리고 보면 변명은 M에게 허락되지 않은 말뭉치.

#2

검은 고래 떼는 자꾸만 M의 길을 막아선다.

빛과 빛 사이에서, M은 셔터가 닫힐새라

언뜻 찍히는 설인처럼 고래 떼 사이로 합류한다.

바탕색을 너무 마신 게 아닐까요?

과연 그럴까?

적지 않은 양을 마셨고 적은 양도 차지 않아.

M은 말한다.

양은 양치기에게 먹히고 양치기는 자고로 '말하는 입'이니까,

그렇게 셔터가 닫히기 전까지 치기 어린 몇 마디를 잠시 했던 것도 같다. 거짓말이었다고 뇌까렸다가

진짜 고래가 나타났다니까! 하며

고래처럼 문득 꼬리로 하얀 수면을 내리치기도 했던가?

혹은 제 분수도 모르고 잘난 분수를 뿜었던가?

#3

M이 비좁은 주차를 마치고 주파수를 맞추자 얼떨결에 함께 타고 온 W는 M에게 라디오만큼 가까워졌다고 느낀다. W는 그것이 배기가스나 전파처럼 보이지는 않지만 바탕에 깔린 거라고 생각한다.

#4

진짜 고래다! 고래가 나타났다니까!

M은 옆에서 자는 W를 발견하고 젖은 이마를 문지른다.

문득 서로 눈이 마주치고, W는 걸려온 전화를 받고.

W는 자신이 바탕색의 어딘가에 있다고 생각한다.

M과 W는 빈속으로 다시 주파수를 돌려 주차장을 나선다.

고래 배 속의 눈 깜박이는 셔터들,

양치기 소년의 거짓말은 진짜 늑대를 불렀다는 이야기.

엔진룸 — 눈, 코, 입

엔진의 요정 지니는 고통이 버섯을
닮았을 거라고 추론했다
법적으로 결합되어 있지 않으며
눈 밖에 있다가 눈 속에 들어왔을 때는
이미 커질 대로 커져 있다는 점
멀리 퍼지는 포자를 품고 있다는 것 외에
무엇보다 우산이기 때문이다
지니는 우산을 쓰고 365일을 살았다
1주년을 맞을 수 있었던 건 우산이 지켜줬기
때문이라고 지니는 믿고 있으며
그건 엄연한 사실이었다

뇌는 회색의 버섯 모양 구름 같은 표정으로
한 계절이 다 가도록 한자리에 앉아
낚시를 한다
그러나 펄떡이는 물고기 같은 기억에
먼지가 내려앉자 슬그머니 자리를 뜬다

엉덩이가 퍼지듯 기억의 형태를
유지할 수 없었기 때문이다

잠자리 두 마리가 자동차
앞유리에 꽁지를 담글 때
고생대는 유리창에 도말된다
출렁출렁―점에서 면―면에서 입체
날로 알을 점심 삼고 있는 장면이 거울의 역사라면

WM

비둘기같이 쏟아져 내린 목소리를
바닥은 듣고 있다, 눈처럼 단단히 내리깔고
맨 끝 방에 사는 푸른 수염의
마지막 열쇠: 둥글고 긴 검은 글자

한 개의 방향과 다섯 개의 방향을

서로 바꿀 수 있을 만큼 자랐지만

손가락은 그 어떤 방향에도 포함되지 않는다

네가 돌아설 때 처음으로 입체인 줄을 알았다

그 등 뒤로 나비 한 마리 날아오고

보이지 않는 네 얼굴은

나비 날개에 얹혀있던 분(粉)으로

내 얼굴에 안착한다

뿌리를 내려오는 뿌리를 잘라내는 뿌리를

둥그렇게 가지런한 이빨들로 꽂은, 그랬다

소묘의 벡터가 지금껏 없었던 내 얼굴이었으므로

궁금했다

그러나 얼굴은 늘 바깥에 있다

얼굴의 바깥, 눈의 바깥, 그리고

다시 내 얼굴이 분을 날려 눈 밖에 나는 순간

내 등에는 불이 꺼진다

뿌리에 집중하기 위해 내 잎은 낙엽이 된다

지하 세계의 알려지지 않은 관현악

터널 안으로 크고 긴 손가락이 하나, 둘 지나간다
어떤 숨보다 크고 긴 호흡이 지나가며
머리 위로 펼쳐진 둥근 천장은 이윽고 습기를 맺
는다
그 물방울의 크기만큼
밤하늘처럼 눈먼 지표면이 오르락내리락, 하게
된다
그 사이, 땅 위에서는 사람들이 가득 찬 빌딩과
땅강아지 같은 버스가 땀구멍 같은 터널로
추락한다, 통째로 떨어지는 빌딩 창문 너머로
내 눈과 네 눈이 서로 마주쳐 떨어질 생각이 없고
검은 눈동자는
이름이 알려지지 않은 절지류의 피부처럼 검게
반짝인다, 미끄러운 전선들, 터널을 가로지르는
소식통

다른 수많은 구멍들을 메우듯이 빨려 들어간다
빨대, 혹은 절지동물의 출렁이는 다리들처럼
가까운, 점점 가까워지는 문제
어떻게 될까? 이 전선들을 따라가면 다른 누군가를
만나게 될 것이다, 전선을 구축하며 끊임없이 아
래로,
아래로 내려간 사람들―끊임없이
출렁이며 앞으로 내려간 사람들의
기막힌 다리들
신빙성 없는 소식통에 의하면, 이곳을 지나는
전선들은 이 세계의 마지막 오선지라고 한다
터널 안에서 간혹 들리는, 이름이 알려지지 않은
울림소리는
작곡가 윤이상이 중앙정보부 문 앞을 절뚝거리
며 나오며
구상했다가, 다시 독일로 가기 전 작곡한 관현악을
전선의 길이가 연주하는 것이라고 한다

바람이 불면,

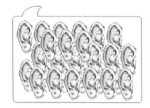

HERSHE'S

초콜릿과 초콜릿 사이는 비좁습니다.

포장지를 찢지 않아도 압니다.

24개의 초콜릿 안에 24명의 그녀와 24명의

소유격이 포옹합니다.

그는 답답합니다.

그녀는 답답합니다.

그건 포장지를 찢지 않아도 압니다.

명확하고 가볍지만 팝아트도 아닙니다.

단지 초콜릿 스물네 개일 뿐입니다.

사이를 벌린다고 친해지지 않을 것 같진 않습니다.

지난 세기 전쟁 이래로 줄곧 친했습니다.

등록의 의미: 친해서 한입에 삼킬 수 있습니다.

분쇄기: 그가 그녀의 안에서 마찰로 마찰계수를 낮출 때

초콜릿의 맹아는 탄생합니다.

설탕의 열량은 오늘도 러닝머신 위를 달리게 합니다.

마찰은 달리기의 조건이기도 합니다.

사탕수수가 우리의 손을 시켜 자손을 퍼뜨립니다.

손은 언제나 달콤한 입을 위해 일합니다.

이 모든 것은 사이가 좁아서도, 또한 멀어서도 아닙니다.

그건 포장지를 찢을 때 드러납니다.

피뢰침은 그저 피로할 뿐이다

인공위성들이 빛나는 거미줄로 하늘을 나누고
여태껏 못 보던 것들을 보게 되었을 때
우리가 하늘에서 발견할 것들의 목록은 다시 작
성되었다.
당신은 은빛 피뢰침을 가지고 태어난다.
끝이 뾰족하고 빛나는

1

볕은 많은 다리를 가지고 있어서 끝내 도착하고
만다. 물 위의 파문이 편견 없는 나무 한 그루를 세
운다. 파문은 이내 사라지지만 들은 이의 마음에
는 뿌리가 남는다. 뿌리를 뽑아야 해. 한편의 마음
을 빌려 약을 만든다. 그러나 그 마음은 내 입을 통
과해 몸을 휘돌아 나와 다시 그에게로 가야 양분을
얻을 것이어서, 조그마한 숨결에도 땅에 떨어지고
만다.

2

시간을 정지시키는 유일한 방법: 고통을 초대하기.
그 초대는 결코 싼 게 아니어서 필히 깎아야 한다.
나무를 깎아 세운 뾰족한 연필들을 나란히 놓을 것.
날벼락을 못 피한 연필 끝에서 꽃이 필 때까지
대기.

꽃잎은 결코 떨어지지 않는다. 솟아나는 것이기
때문이다. 뿌리가 뻗어놓은 꽃잎들로 사진을 찍을
때 한 계절은 지나 꽃잎은 바람을 가진다. 사진을
구경하는 일은 매번 죽은 사람들을 알아보는 것.
사진을 한 달 동안 품은 앨범이나 책은 주문을 욀
수 있게 된다. 책과 연필은 나무의 무덤이어서 직
립의 운명을 갖는다. 사진은 산호처럼 무덤에서 벗
어나지 못한다. 그러나 꽃잎은 사진이 아니다. 그
래서 물웅덩이에도 가볍게 뜰 수 있다. 기차는 기
름 위의 물처럼 미끄러지고 물 위를 떠가는 기름처

럼 벌레들이 미끄러진다. 그것은 철과 수많은 다리의 힘이다. 언덕에 오르려면 많은 다리가 필요하다. 언덕에 앉은 사자는 돌로 변하기 전에 대체 무엇을 향해 입을 벌리고 있었을까. 입에 손을 넣는다. 머리를 들이밀 생각은 못한다.

3
땅 위로 솟은 연필들을 찍은 사진들은 뒹군다.
하수도를 닮은 뚜껑으로 구멍은 막힐 것이다.

자란다

아마 아담과 이브의 그것쯤 될 텐데
우리말로는 '건물'이라고 부른다. 같은 땅에서
같은 양분으로 솟은 가지 같은 것
지금 들어 나무는 초록빛 광선을 쏘는 어떤 물체
가 되었다.

한 건물에 자리 잡은 여러 가지 내장을 방이나
혹은 사무실쯤으로 부르는 걸 들었다.
거기엔 항상 또 다른 기관이 들어있다.
입이 찌그러진 채 〈잘하고 잘하는〉 비료 포대
그 비료를 먹고 자라는 기관
그 기관을 먹고 자라는 또 다른 기관
그래서 커짐?
모두 동물이나 식물은 아니라는 점에서 학자들의
관심은 투여되지 않는다. 그래도
우리는 끝내 비유하길 좋아한다.
별다른 생각은 끝내 별관 뒷문으로도 들어서지

못하니까
　끝내 병적이다, 병째 들고 마시는 병약은.
　가로등에는 며칠째 불이 들락거리고.

　심해어는 이마에 가로등을 달고 나타난다.
　꼭대기의 불은 밤새 나가지 않는다.
　혹은 물이 가득 찬 탱크가 발을 구르고 있거나
　관리가 안 되는 생각의 궤도를 돌릴 텐데
　한 번에 싹 쓸어내리기엔 큰 탱크만한 게 없다고
　들었다.
　관리와 관장 사이에도 큰 홍수가 필요할지 묻는
소리를
　들었다. 누군가 두 손을 모으는 중
　크고 큰 생각, 큰 생각을 쓸어내리는
　더 크고 큰 생각
　그 물을 마시고 입을 쩌억, 벌리며 향을 피우는
　팔이지옥, 되팔이지옥, 팔팔한 수술

지하실에 놓아둔
감자에서 싹이 나 있다, 신문지를 뚫고
싹

싹

혀를 굴리지 않는 발음과 싹 때문에 굴러가지 않는
감자 사이에서 어정쩡하게 서 있다.
더 크기 전에 싹을 잘라야 한다고, 들었다.

압력

아침은 압력이 정류장에 있음을 자각하는 절차/ 압력에 대한 확인: 피부의 압력과 위장의 압력/ 침의 압력, 침과 침 사이의 압력/ 그녀의 입속에서 노란 방아쇠를 찾아 당기기 전까지/ 머리카락이 먼 바람의 방향을 가리킨다/ 아직은 검은 전깃줄이 또 다른 지하에 매설되어있는 때/ 아침에 관해 확인되는 사실은 언제나 너무 많거나 너무 적다/ 지우개처럼 밀린 타이어 자국이 호수 쪽으로 이어지고/ 금속 풍향계는 오후 5시쯤 2시 방향을 가리킬 것이다/ 압력, 압력, 주름지는 천의 주름, 압력을/ 확인하는 일을 확인하는 일은 누구도 대신할 수 없다

그렇게 바라는 남자의 주장이 확인되는 아침/ 남자의 바람은 수족관의 물고기를 통해 서서히 드러난다/ 물고기가 아니라 물고기의 지느러미에 의해?/ 지느러미 줄무늬의 방향에 의해?/ 뻐끔대는/ 남자의 물음이 이어지고 공기 방울은 하늘의 풍선

처럼 수압을 잰다/ 수면 위에서야 비로소 터지는 아침/ 아침의 숫자를 세던 플라스틱 조개가 혀를 내밀고 입으로/ 같은 수의 방울을 피워 올린다/ 혓바닥 위에 조개에 관한 이야기를 적은 편지를 놓고 돌아서는 남자/ 그것은 돌아서기 전에 편지를 찢는 남자의 손에 관한 이야기/ 2시 방향으로 바람이 불때 시계는 오후 2시에 시침을 놓을 것이다

압력은 확인되지 않는다/ 조개껍데기의 입이 서서히 닫힌다/ 조개껍데기의 입을 위해 주소를 끄적이는 남자의 손/ 주소를 지우기 전에 조개를 그녀로 바꾸는 손에 관한 이야기/ 압력을 확인하는 압력만이 확인되는 오늘/ 바쁜 도로가 또 하나의 흐름을 놓았지만 지우개는 아직 도착하지 않았다

그녀의 입속엔 노란 방아쇠가 3개
① 하지만 면접관님, 저는 그냥 한 번 노랠 하고

싶었을 따름입니다

② 아니면 제가 면류관이라고 말해야 하나요?

③ 뒤꿈치 밑창만 닳은 이야기만 골라서 담아야
할까요?

쉽게 썩는 복숭아

1. 부패

썩지 않는 복숭아를 생각하며 눈을 감습니다. 감은 눈으로 실없는 밤을 건넙니다. 밤에는 주제가 없어 다른 색으로 조각난 벽에 부딪힙니다. 돌아갑니다, 또 돌아갑니다. 천장은 움직이지 않았지만 소리로 다른 층을 떠올립니다. 하룻밤 새 2층이 생긴 것도 아닐 텐데 말이죠. 하지만 먼 곳에서 온 낯선 건축론은 이런 현상에 대해

말할 수 있는 단어들을 줍니다, 단지
말만 할 수 있는 단어들을, 그나마

↖ ↗
우심방에는 계단모양 상자
좌심실에는 심장모양 상자

좌우로 갈라지는 길. 좌우로 갈라지는 책.

신선한 것과 신선하지 않은 것들이 이중나선을
그립니다.

다리 많은 벌레를 반으로 갈라 다리 쪽을 서로
붙여놓은 것

같은 계단이, 다리 많은 벌레 대신 '한 층만 더'
위로

올라가는 중입니다.

계단의 난간이 올라가다, 잠시 멈춘 지점에

아이는 매달려 있지만

아이가 매달려 있어서, 난간이 정말 멈췄는지는

아무도 모릅니다, 아무도 덩어리인 줄

모릅니다.

창문도, 전등도 모르는 방은 아무도 밝힐 수 없
어서

문답을 들어줄 누군가를 찾아야 합니다.

2. 진화

— 계단 좌우에는 멸종된 동식물이 양각되어 있음.
— 두 다리를 가진 인어 한 마리 추가.

2층은 1층과 너무도 똑같이 생겨서, 과연 내가 있었던 곳이 1층인지 의심되었다. 그 의심은 문득 뒤를 돌아보았을 때 확신이 되었다. 뒤에는 어느새 계단 대신 벽과 문이 자리 잡고 있었기 때문이다.

> 당신의 마음에 드는
> 열쇠수리공 김판막의 상담소

"고민이 뭡니까? 아아, 얼굴 앞에서 공기 보는 법을 알려 달라고요? 이미 잘하고 있습니다. 층층이 쌓여 있어야 할 눈썹과 입술이 하나로 뭉개진 건 물론 당신 의도도, 잘못도 아닙니다. 당신은 다만 일상적 터치를 잊어버린 것일 뿐이죠. 그러니까—"

나는 눈을 버릇없이 굴리면서 안 들리게 주문을
왼다.

"얼굴아, 얼굴아, 이 세상에서 제일 닮은 거울은
누구지?"

혀를 최대한 굴리면서 핥고, 또 핥는 것은 습관
이 되지 않았다.

말하자면 눈처럼 버릇이 없었다.

단지 눈을 둘 곳이 없었을 뿐이었지만

"판막이 다치면 꼼짝없이 다리가 묶여 버리니 조
심하세요."

계단을 떠올릴 수 없을 정도로 판막을 안 닫는
게 포인트인 듯했다.

그나저나 어서 들리는 소리를 안 들어야 할 텐데

"됐습니다. 이제 나가보세요."

입도 열기 전에 다시 계단 앞으로 쫓겨나서 그런
지 속이 울렁거린다. 바닥이 울렁거리는 느낌도 들

지만, 무엇보다 또 다른 사람을 찾아야 한다는 게
막막하다. 하지만 그 깐깐하게 생긴 상담소 노인이
헛소리를 한 것 같진 않아서, 뒤도 돌아보지 않고
쿵쾅거리며 '한 층만 더' 계단을 뛰어 올라간다.
아무리 올라가도 방문은 보이지 않는다. 벽과 문은
여전히 뒤통수에만 있다.

3. 탄생

> 당신의 손을 들어주는
> 판사 김모양의 상담소

―그래서 항복한다고요?
백기들지말고청기올려, 틀렸어아빠, 빠앙
청기들지말고백기내려, 틀렸어아빠, 빠앙
목은 길어서 우아하고
땅은 공평한데 고개들어

—그래서 얼굴은 잔말말고

　행복하지 않아요 고개들어

　한창 모노드라마 중인 '김모양'에게 말을 건다. 친절한 김모양은 내 질문을 들어준다. 간단히 말하자면 이 '건물'은 최신 공기 주입식 건물인데, 투명한 벽체로 구성된 공기 주입식 공간이기 때문에 언제 어디서든 구축 및 증축이 가능하다는 것이다. 그런데요, 자꾸만 뒤통수 쪽에만 생기는 이유는 뭔가요? 친절한 김모양은 깃발만 들었다 놨다 한다.

흐물흐물

깃발은 버릇이 없는가

둘 곳 없는 순수함은

말을 놓을 줄 아는 기교의

다른 면에 인쇄되어 있고

나는 날씨가 많은 곳으로

깃발을 옮기라는 소리를

듣는다 *정점을 찍어주세요*

또다시 앞에 놓인 제단을

오른다 *목청은 길어*

우아하고

땅은 공명하는데

흐물

흐물

여전히 입체를 유지하기 위해 각을 세우는 열 개
의 계명, *석판 대신 계이름을 각진 계단에 새겨주세
요*, 밀린 일기의 일기日氣를 한꺼번에 적던 버릇으
로요.

습관의 끝에는 초점이 없다.

그래서 모이지 않는 빛, 탈 수 없는 불

불렀어요? 그런데 발을 뗄 수 없네요, 하더니 그
제야 뒤돌아본다. 어디선가 가스 냄새가 나는 것
같다.

당신은 언제 다이어트를 결심하나요?

먹어도, 먹어도 줄지 않는
마음을 앞에 두고 여러모로 신경이 쓰인다
그건 캡슐에 담긴 가루약처럼 얌전하지만
가루처럼 신경질적인 말로 이루어져 있다
갈래갈래
말이 많아진다는 것과 다른 길로 이어진
이야기 속에 들어간다는 것은 서로 같다
분진처럼 퍼지는 소문은 끈덕진 초록색 혀와
분지처럼 움푹한 눈을 굴린다
그렇게 생각할 때
그만큼 초록색 혀를 가진 괴이怪異가 정말로 있는
것도 같은데

그건 그렇고

색색의 알갱이들이 고르게 자리 잡은
병을 앞에 두고 사전事典을 뒤적인다

입구를 기울여 덜 깨진 눈깔사탕만 골라 먹으며
허튼말에 대해 눈여겨본다 어딘지는 모르지만
방향을 틀어버린 말

그건 그렇다 해도

발밑엔 눈가리개를 한 채 개처럼 달려온 말
        짖는 말, 아침을 찢는 말, 끈덕지게
벽에 잘 붙는 초록색 메모지를 물고
마음을 먹었지만 부치지 못한
몇 장의 말풍선과 괴이함 따윈 없다고 믿는
버섯 같은 졸음과, 졸음에 졸려 주머니 속에
담긴 주머니 같은 버섯 갓을 자랑스레 물고
기다리는 말이 꼬리를 흔든다
흔드는 동안 포자는
몸을 배배 꼬며 조금씩 분명해지는 회색
(이 된다. 문득 만져지는 호주머니 속 먼)

지대를 걸어간다

그건 그렇지만

소문으로만 듣던
한 무리의 좀비 떼는 다리를 건너 이쪽으로 온다
몸을 배배 꼬며 힘겹게 걸음을 떼는 좀비 떼를
먼 곳에서 바라본다
그건 덜 깨진 눈깔사탕을 천천히 맛보는 내 초록
색 혀와는
다른 문제겠지만
그것이 보통이다, 보통의 보통 감정이라고 반복
한다
내 고백을 소문으로 듣는 건데,
못 보던 새
색색의 알갱이들이 조금 움직였지만 깨야 할 아
침에

줄어들 만한 잠은 아니었다
눈깔의 개수처럼 그대로였다

생각해보자,
난 감염된 것 같다.

시-소리 No.1

식후에는 이를 잘 닦아야 합니다.
하나가 하나와 마주 보고 나란하려 이를 닦습니다.
거품이 채 빠지지 않은 거품이 튀어 나가고
굴러 온 돌은 박힌 돌을 빼지 못한 채 위성衛星이
되죠.
깨끗하지 않은 이는 매번 깨끗해질 이를 상상하며
거품은 점심시간 종소리를 들은
개들처럼 희고 고운 거품을 물고 튀어 나가요.
버려진 개들의 혓바닥처럼, 깨끗한 이는
이렇게 말 속에만 있는데

어제는 프랑스식으로 정리된 공원을 산책하고
오늘은 방금 돌아와 부서지지 않을 만큼의 물줄
기로
물을 따라 줍니다. 아마도
어제는 저녁 식사가 끝날쯤에 돌아올 겁니다.
한 걸음, 한 걸음, 매장을 돌고 있을 테죠.

산은 매장 진열대와 진열대 사이에 있어요.

입이 더러운 개가 따라오다 매번 멈춰 기도하는
산책,

코와 코를 맞대며, 코에는 코

오래된 법전을 흉내 내고 어쩌면 그 이상으로

한 발, 코에는 코, 호흡을 가다듬으려 기도하는
진열대

그러나 개는 언제나 출입금지.

어제는 그곳을 찾아갔어요. 오늘은 그냥 돌아왔
어요.

정신 나간 점심시간 종소리를 들은 것 마냥.

침들이 입안을 돌고 돌다 매대에 덩그러니 놓인
빵처럼

둥근 거품이 됩니다.

거품을 만든 힘으로 침들은 저 멀리 튀어 나가죠.

열 손가락 깨물어 안 아픈 자식들이

꼬리 물고 자꾸만 이 자식―저 자식, 거푸

입은 그렇게 거푸집처럼 뻐끔뻐끔 새끼들을 낳습니다.

새끼들은 증식해서 이 새끼와 저 새끼로, 서로 닮은 새끼들이 됩니다.

신은 여전히 산에 살고, 나란합니다.

오늘은 나가지도 않고 내게 다가와 물을 따라 줘요.

부서지지 않을 만큼의 물줄기로, 잠자는 침처럼.

어서 헹궈. 물과 칫솔 따위는 줘도 안 물어가요.

어제는 썩을 오늘이 무서워서 이를 닦지만

이를 닦는 건 이 닦는 사람들에게나 필요한 것.

이것이 빠진 사람들이 득실거리는 이곳 지하매장에서는

처음부터 아―하는 이가 없었답니다.

나쁜 운명

또 다른 행성이
엄마와 아빠의 대화 속에서 태어났다

네 발 달린 식탁 밑 발길에도 안 채는 행성
막 서른을 넘겼을 때
기분이 발명되고 취향이 존중되었을 때
그림자로부터 발견된 행성

間

할 수 있는 유일한 통신이란
검은 비닐봉지처럼 각자의 행성으로 가져가는 것
해야 하는 무이한 조건이란
부재를 가득 담아 재를 넘어
안전한 곳에 반짝반짝 은박 막사를 짓는 것

쓰륵쓰륵쓰륵쓰륵

(다시) 쓰륵쓰륵쓰륵쓰륵쓰륵쓰륵쓰륵쓰륵

(계속되는) 쓰륵쓰륵쓰륵쓰륵쓰륵쓰륵쓰륵쓰륵쓰륵쓰륵

쓰륵쓰륵쓰륵쓰륵쓰륵쓰륵쓰륵쓰륵쓰륵쓰륵(은박비닐소

리)

그곳을 향한

그 여정은 매번 적지 않은 에너지가 소모된다

닳아간다

격자무늬집열판과 충전용 배터리를 꼭 챙길 것

(이외에 또다시 적지 못한 목록들, 일기들)

問

비스듬히 열린 문은 꼭 닫아야 한다

폭발은 외부와 내부의 압력 차에서 비롯되니까

그 다음 날에도, 비스듬히 열린 문은 비스듬히

열려 있다

문틈 사이로
반사 일 째 ⊕ 쯔 인 되어
들어오지만 자꾸만 더하고 더해도 눈에도 안 차
는 광경
채워지지 않는 내장과 빈손, 더러운 손은 또
한 줄을 쓰지만 결국 한 줄도 못 내놓고 만다
동결건조 분변기호식품: 쓴 맛
더러운 손조차 없어서 오늘도 검은 비닐로 싼 미
사일을 장전—
쏘세요!

이윽고 아빠와 엄마의 대화 속에서
또 다른 행성이 태어난다

> 엄마, 속에서 말하는 엄마와 아빠
>
> 아빠, 속에서 말하는 아빠와 엄마

내 안의 엄마와 아빠가 대화하는 행성

경고문 같아서 더 멋진 이원론 행성

눈을 쏘는 모래바람이 버려진 탐사선의 안테나
에 스치는 중

날 궤도에 다시 올려줄 상승선이 쓰러지고

내 행성에서

그렇게 나는 최초이자 마지막 조난자가 된다

오블라디 오블라다*

　입속에 들어있는 한 가닥 머리카락
　같은 감정
　어스름 아래 사물이 구별되기 시작할 때부터 우
리들은 어디선가
　쏟아져 나와 서로 웅얼거리며 걷지 않나
　선풍기 바람 앞 코털처럼 발이 엇갈리지 않게
　흔들리면서 조심하면서
　잠수함이라도 된 듯 소나음으로 거리를 가늠하
지 않나

　오블라디 오블라다

　지금 눈앞에 엎드린 생선, 녹슬어가는 회색빛 턱
과 남아있는
　은빛 턱 사이는 가늘고― 빛나고― 더럽다

　엇나가는 발이 가는 말로 낚시바늘을 부르는 것

처럼
　　낚시바늘에는 말이 안 됨을 말로 쓸 수 있다
　　말은 그 어떤 것도 가능하다, 지위만 준다면야
　　킹, 퀸, 포, 차, 상, 항우든 유방이든
　　어떤 방이든
　　바늘 한 땀에 들고 있던 주전자 물을
　　쏟는다, 천천히 홈이 파인다
　　아직 팔 수 있는 것은 남아있다, 건재하다
　　건조한 땅이 물에 젖어 짙은 그림을 남기듯

　　나스카 평원의 신호는 하늘의 착륙을 기다린다
　　물이 자꾸만 홈을 따라 흐르는 것처럼
　　기억은 한나절만 지나도 증발해버릴 물줄기 트
랙을 달렸다
　　운동회가 끝나고
　　맞은 한쪽 뺨 속에서 부서진 사탕은 금방 녹아서
좋았다

사탕의 지도를 본 날, 이쪽 해안선과 저쪽
　해안선이 서로 멀어진다는 가설에서 한발 가까
워졌던 날

　오블라디
　오블라다 _나스카에서 수기 신호를_
　오블라디
　오블라다 나스카에서 수기 신호를

내게 가르쳐 줄래요?
기다린다는 말을 그리려면
어떤 감정이 필요한가요? 흐름, 흐름
그런 물줄기가 계속 지나갈
깊은 홈이 필요한가요?
골이 깊은 감정, 흐름, 흐름
타일 위에 붙어 있는 한 가닥

머리카락 같은 말

엄마

그건 밀리고 밀리는 해안에 익숙한

뒷걸음질이잖아요

스슷— 스슷— 입속을 더듬지 말아요

혀로

뺨 안쪽부터 굴리지도 말고 말지도 말아줘요

발견은 우리를 불행하게 만든다

하지만 이왕이면 민트와 초콜릿이 섞인 관을 발

견하고 싶다

물과 기름이 만난 것처럼 섞인

* 비틀즈의 노래 제목. Ob-La-Di, Ob-la-da는 나이지리아 부족
의 말로 '삶은 그렇게 흘러간다' 라는 뜻.

118

검은 점 혹은 하얀 점

두 개의 회전문을 열고 두 사람이 들어온다. 믿을 수 있는 화자 씨는 믿을 수 있기 때문에 믿음을 받는다. 받은 믿음으로 비를 피하며 믿을 수 없는 화자 씨는 믿을 수 있는 화자 씨와 우산 받은 실내를 두 시간 동안 말할 수 없이 걷는다. 바쁜 것과 나쁜 것은 어떻게 다를까. 태양이 아닌 황혼과 새벽의 빛만을 믿는 사람들은 오래전에 죽고. 황혼이 지켜보는 머리카락의 색과 새벽이 지켜보는 머리카락의 색은 같을까. 서로 다른 두 사람은 잘 만나지 못하지만, 자기도 모르는 새에 만나곤 한다. 어디 다녀오는 길이십니까. 우리는 태어날 때도 죽을 때도 똥과 오줌의 길에 놓여있는 게 아닙니까. 믿을 수 없는 화자 씨는 입만 열면 거짓말을 한다. 그래서 믿을 수 있는 화자 씨는 믿을 수 없는 화자 씨의 얼굴을 모른다. 믿을 수 없는 화자 씨에 관한 사실은 믿음을 주지 않는다. 그건 단지 그 앞에 놓인 말들 때문일 텐데, 마차의 시대는 다시 오지 않을 걸 감안한다면 억울할 일이다. 아무 데나 싸지르는 똥 때문에 미움을 받은 말들. 하지만 더는 억지로 달리지 않아도 된다. 말들이 묶인 모양은 그 사람의 마음이다. 건네줄 믿음을 가지지 못한 화자 씨는 고삐를 쥘 기회조차 없다. 모두 달아나니까, 어느덧 두 사람이 마주 앉은 실내는 햇빛이 물러가고, 그래서 두 사람은 앞에 놓인 접시에만 말을 놓기 시작한다. 더이상 서로를 비춰줄 수 없다는 게 이유였지만, 아래 깔린 시선은 처음부터 접시만을 바라보기 위한 만남이라 말하는 모양이다. 믿을 수 있는 화자 씨와 믿을 수 없는 화자 씨는 마지막으로 각자의 별자리를 밝히고 자리를 뜨는 것으로 만남을 정리한다. 둘 중 하나는 별자리 대신 자신의 머리 위에 돌고 있을 인공위성을 떠올리며. 빛 혹은 비.

아케이드
　– 황혼에서 새벽까지

전시회장 출입구에서 복화술사로 창업한 친구를
만났다.

너. 여긴. 웬일이야. 여긴. 입구하고. 출구가. 같
은. 곳인데.

그래서 오랜만에 친구와 함께 시장을 걸었다.
초행길이어서 산소가 부족했다, 연신
뻐끔뻐끔
뻐끔뻐끔
친구는 못 알아듣는 소리로 길을 묻고
유언이 묻혀 있던 산소에서 죽지 못해 산 사람들이
신음처럼 새어나온다.
산소가 떨어져 불은 꺼졌지만 영업은 계속되었다.
커지고 싶었지만 작아졌고
작아지고 싶었지만 커졌다.

너. 그게. 무슨. 소리냐. 그건. 하이킹과. 가격에.
관한. 이야기.

언젠가 먹었고 방금도 먹은
딱딱하고 미끄러운 글자들 때문이다.
특히 그중에서도
싶다는 항상 어딘가로 급히 간다.
마지막 음운의 완강히 다문 입술 위로
미끄러진다, 그 방향은 수수께끼지만.

그래서 배가 뒤틀린다.
밀어도 안 빠졌던 뒤틀린 기포들이 솟기 시작한다.
비석. 비석. 비석.
굳은 피고름처럼 발딱 선 기포들의 힘으로
상점가를 둥둥 떠간다.
허나 굳은 혀로 표지판을 줄줄 읽던 친구는
발음을 씹고, 혀는 기도를 막게 된다.

깜짝 놀라겠지만 친구, 모두 서 있는데 네게만
기도가 통하게 놔둘 수는 없는 노릇—신은 우릴
버렸으니까, 꺼져, 촛불을 덮어 끄듯
친구의 페니스, 이미 꺼져버린
입으로 덮는데
끽소리도 못 내고 신나게, 신나게 죽고 만다, 깜빡
잊고 있었던 유언을 꺼내
내게 묻는다.

*키스해줘, 당신의 키스가 내 목에 걸린 말을 꺼
낼 수 있어*

절반

파문이 일었다, 공이
떨어져 파는 상점은 발치에 있었고
서로의 발 옆에 선 두 남자는 떨어진 공에 대해
말하지 않았다, 서로
파문은 떨어지는 공의 궤적에 영향을 주었다
두 남자는 공을 파묻기 위해 뒷산으로 갔다
뒷산으로 올라가는 두 남자 뒤로
지면을 뚫고 절반이 묻힌 여자의
반신半身이 눈에 띄었다
반나절이 지나도록 고른 지면은 뚫리지 않고
절반이 드러나지 않아 절반이 묻히지 않은 여자
의 반신을
대면하는 지금, 상대를 잘못 고른 두 남자는
말하지 않는다
수면水面에 떠 있는 완고한 성城처럼
수면睡眠에 잠긴 한 여자의 감긴 눈을
한눈에 보기에도 이끼가 여자의 눈과 마주치는

장면을
　말하지 않는다
　그래서 절반의 여자는 절반의 여자가 아니다
　머리카락이 풀 죽은 채 늘어져
　절반이 늘어나고, 늘어난 절반이 늘어나고
　절반의 여자가 되는 것이지만
　그 어느 누구도 반신반의로 일관하지 않은 게 아
니다

스위치

친구와의 작별 끝에 나는 작아지고
버섯 같은 귀두 위, 기승위는 외로운 천막처럼
위로하네
귀두에 맺힌 이슬만 먹고 산다는 애벌레가
조용히 말을 건네지
이것은 헤벌레, 침 흘리며
기다란 어둠 속을 기다 죽는 애벌레의 이야기 :

피라미드 속에 들어간 것처럼 천장 끝이 아득해져
그렇게 싸 본 적 있어? 그게 뭐든, 그걸 어디든
8번째로 쌀 때 내 몸뚱어리는 긴 꼬리를 끌며 가
버렸어
흔들고, 또 흔드는 눈꼬리 혹은 입꼬리
혹은 우리

사방은 비누처럼 퐁퐁거리며 거창하게 들썩이지만
끝내 높은 굽을 가진 구두로 도망가지

거품을 씻기도 전에
벽으로는 붉은 장미를 단 무늬가 올라가고
붉은 꽃잎이 고깔처럼 머릴 덮치는 때
사각형 머리를 가진 사마귀가 되어, 우린 본능적
으로
서로의 머리를 찾지, 8번째로

장미는 신이 8번째 날에 만든 없는 꽃의 이름
그래서 우리는 입술을 동그랗게 오므린 채
서로 장미를
선물하려고 안달이 나,
놓치지 않고 파격적 가격으로 주문을 외는 TV

8번째로는 전파를 주문해, 그게 약속이니까
그리고 아무 데나 안 가리고 쏴, 쏴, 또 그게
약속이니까
오르고 끈적이는 기분 아래로 프랙털 무늬의 색색

지폐들이 눈앞을 돌고, 돌고, 땅에 떨어져

그렇게 다시 죄 많은 왕의 피라미드로 입성하네,
미라

아니, 미라로 발음해, 횡경막을 밟고, 밝은

8번째 아이가 배설의 죄를 짓는 광경에 박수를,

박수밖에 칠 것이 없어 맞을 리도 없는

볼기만, 짝짝짝, 짝 치는데

우주의 거울

한 달간 수영장에서 걸었습니다. 팔짱을 끼고 조금씩 보폭을 키웠습니다. 화분에 꽂힌 화초처럼 물방울이 높게 높게 튀어 올랐죠: 사칙연산과 정기적인 물주기. 물은 물음처럼 튀면 안 된다, 소리치는 소리: 물방울들이 소용돌이치는 창밖으로는 말벌의 꽁무니가 어른어른 춤을 춥니다. 노랗고 검은 말벌의 꽁무니는 고요하고 깊습니다. 꽁무니의 정면에는 침묵의 정직한 답이 있습니다: 부우―ㅇ

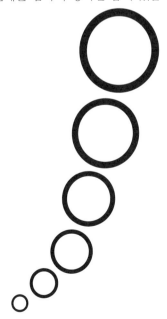

그렇게 말벌이 나는 소리에
어느새 금가는 마음, 침샘이
자극되는 / 동심원 / 가운데
있는 / 표적, 표적, 표적들
날카로운 10으로부터 점점
모습이 바뀌는 숫자들

ㅇ ㅏ 아

작아진다 말할 수도 있겠다.
줄어든다 말할 수도 있겠지만
아아
그럴수록 집중할 수 있는 분위기
분위기가 되는 걸 환호하는 목소리
집중적인 분위기가 뒤를 잇는다.

}−가위−바위−보−바위−가위−{

이건 과연 좋은 일인가 묻는다. 굳건한 잇기, 곧
이긴다, 짓이긴다, 펼쳐서 묶는다, 질식할 것 같
은데 그건 엄살이야, 끝도 없이 밀려드는 물결, 물
결에 질색하는 눈빛: 붉은색 안경을 쓰고 상대방을
바라보기: 사랑에 빠졌다는 건 심장 모양의 붉은 색
안경을 눈앞에 썼다는 말과 어떻게 다를지. 벌처럼,
형벌처럼 잘 마른 소리가 불타거나, 불타서 재가 되
거나 질리지도 않고 재차 불러 불을 붙이거나.

그런데 눈앞에 불이 났으니 어서
숲으로 가라고, 가라고, 가라고, 좀.
그래서 떨리는 심장은 기어이 깨지고 만다.
조각, 조각, 들어가 붉게 물드는 눈을 위해
하얀 눈 위에 빨간, 점
　　　　　　　　점
　　　점

점 점

줄어든다 말할 수도 있겠지만
작아진다 말하라고 강요받는다.
눈은 자꾸만 멀고 멀리 떨어진다.
기어이 보이지 않는 지평선으로
넘어간다 / 쓰러진다. 눈은 차갑고,
쓰러진 몸이 차갑게 식을 때
잃어버린 소실점은 눈앞으로 돌아온다.

Frame

봤던 영화가 있고 보지 않았던 영화가 산다
본 적이 없어서 당돌하게 옷깃을 잡아당긴다
당긴 채로 고개를 들어 보지 않았던 영화가 산다
한 명의 배우와 두 명의 배우 아닌 사람이
함께 출연하는 영화였을 것이다
나와 내 지갑이 입을 열었는지는 모른다
기억이 나올 출입구가 기억 속에 없다
영화 밖이었는지 안이었는지도 미궁이다
바닥에는 토사물이 깔려 못 일어났는데
신음이 낮게 혹은 짙게 깔린 자리였기 때문에
오줌을 누었다

하지만 이미 일어서 있어 오줌에 못 누웠던 것도
같은데
그렇다면 영화 안이었을 게 분명했다
그리하여 마침내 한 명이 다른 한 명을 향해
금물 칠한 액자를 보여줄 시점에 도달한다

여기서 눈을 떨어뜨리는 것은 금물,

다리 사이에 걸린 액자를 10분쯤 보여주다가

다른 한 명이 액자를 훔쳐 달아난다
경비원은 이 사실을 사건 발생 후 10분이나
지난 다음 알게 되었다고 진술한다 그건
말도 안 돼! 나는 일갈하며 입을 다물기도 전에
손이 물려 준 오징어 다리를 넣고
감독을 씹기 시작한다, 저, 쩌쩌
호흡을 맞추고 입을 맞추고 쩝쩝 넘어가는
화면이

다른 사람은 액자를 집에 숨긴 채
액자들을 사고 있다, 액자들은 창문으로
거리를 바라보는 중
그 사실을 모른 채 액자를 도난당한 영화는

어느새 앞서 보여줄 예정이었던 다리 사이

액자가 있던 곳에 멈춘다

바야흐로 뒤에 선 사람들을 보여주는 시점이

온 것이다

네덜란드식 운지법을 알려 줄게요

풍차를 짚고

이마를 짚으며 또 지나가는

젖소의 얼룩무늬도 진중히 짚는 스페니쉬 키호테

저 사람이야! 저기! 나는 외치며 빈 팝콘 봉지를

사납게 긁어댔고, 별다를 것 없는 사람들은

봉지 소리가 시끄럽다면서 내 머리를 짚었던 기

억이 난다

사람들은 웅성거리며 사람들을 바라보고

떨어지는 금물과 팝콘

카우치 포테이토*

쏟아지는 물, 눈 감을 때마다, 혹시 짙은 갈색 염료?
아니면 빨간색이면 어쩌지? 눈을 떴다 감았다,
겨우 샤워를 마치고 물소처럼 나와 몇 발자국
　　　　　조각
　조각
걸어 불을 켠다, 푸르스름한 불
차갑게 환원시키는 온도, 하지만 불 켜진 환한
방에서 조각들은 어느새 소파로 뭉쳐 눈앞에 놓여
있다.
그 물소 잔등(혹은 엉덩이)에 올라타면
곧, 녹는 치즈를 얹은 감자가 된 머리의 기분
등 위(혹은 엉덩이)에 엉덩이를 대고 적당히 굽
는 중
　　　　　지글
　지글
목동의 피리소리가 입맛처럼 뚝, 땅에 떨어지는
장면으로부터

등을 부여잡고 있던 솔기의 아귀가 서로 틀어지
는 장면.

익는다는 것, 혹은 읽는다는 것? 읽기 위해 씹는
것? 아니, 눌어붙는 거지. 그때까지 익도록 계속,

·················(······)

무―ㄹ소, 같은 울음과 같은 이름이 조우하는 컷,
그 컷에서 (천연)가죽 소파 하나를 완성하는 'ㄹ'은
결단코 솔기의 기능일 것, 말하자면 죽음과 조각
사이에,

아뇨, 이건 우연일 뿐입니다, 그저 말장난에 불
과하죠.

우와! 경이로운 물체에 온몸을 내어 맡기는 비스
듬한 자세로부터 비슷한 것들은 이내 각자의 형태
를 잃는다.

이를테면 장막을 내리고 어두운 방에 앉아 있는

것이나,

　엉덩이와 머리가 리을리을 이어진 채

　튼튼한 천막처럼 버티는 물소, 파에 훌쩍 올라타

　할짝할짝, 공공의 화법을 구상하는 것 따위, 등
등.

　･････････････(……)

　부드러운 소, 혀처럼 굴러가는 'ㄹㄹㄹㄹㄹ'세
로로 쓰면 무한히 이어질 수 있는 이 솔기는 언제
나 시의 사랑을 받는다.*

* 카우치 포테이토 : '카우치(couch, 소파)'에 누워 텔레비전을
보며 '포테이토 칩(potato chip, 즉 감자칩)'을 먹는 사람을 줄
여 이르는 말.

어쩌면 유희적인 글쓰기,
혹은 필연적으로 유희적인

1.

언술행위는, 언어가 그 발생과 소통의 맥락으로부터 끊임없이 추방되는 디아스포라(diaspora)적 상태에서 수행될 때 일상성을 넘어서는 가능성을 얻게 된다. 이는 일차적으로 부정법('~이 아니다')으로 실현된다. 이때 언술되는 '그것'—규정되기 이전의 것이면서 끝내 규정을 거부하는 것. 단순히 '사물'을 가리키는 것은 아니다—은 변혁의 단초이며, 언제나 '바깥'으로부터 온다. 디아스포라적 상태는 이 '바깥'과 조우하면서 끊임없는 생성을 활성화하는 상태다. 그런데 이때 '바깥'이란 무엇인가. 일차적으로 '바깥'은 '안'의 상대쌍이라는 의

미에서의 바깥이므로 그 자체로 확정된 윤곽을 갖지 않으며, 또한 의미도 갖지 않는다. 이는 '안' 역시 마찬가지겠지만, 어쨌든 이 '바깥'은 절대적 외부가 아니라 '자리바꿈'으로서 존재하는 외부를 가리킨다. 이는 뫼비우스의 띠에서 볼 수 있는 '외부', 클라인 병에서 볼 수 있는 '외부'다.

   2.

   자본과 기술이 만들어낸 현대의 도시 공간에서 클라이맥스를 함유하는 기승전결의 글쓰기는 근본적으로 의심된다. 도시 공간이 이미 우연적이고 평면화·파편화되어 있어 종전의 서사로는 이해하기 어려워진 판국에 그것은 너무나도 당연한 결과라고 할 수 있다. 파편적 글쓰기: 이미지들의 단절적, 우연적, 평면적, 그리고 이율배반적 배열은 다중 공간(병립) 만들기와 같으며, 이는 도시 공간에서 비롯된 글쓰기인 동시에 그러한 공간적 감각을 가장 적합한 방식으로 재현·증폭시키는 글쓰기라고 할 수 있다. 다시 말해 콜라주와 같이 끊임없이 맥락을 파괴하는 방식의 단어·문장 배열을 통한 글쓰기는, 부르주아 휴머니즘과 자유주의의 가치가 위기에 빠진 상황, 아울러 그와 동시에 그러한 '위기 이전'으로 돌아갈 수는 없다는 의식이 촉발한 모더니즘의 자조적·자학적 대응 방식인 것이다. 그것은 자기-비판을 동반한 메타-언어의 양상을 띤다.

그러나 모더니즘적 글쓰기는 '비판'을 주요 코드로 성립된다. 특히 이 '비판'은 '(미적)진보', '합리적 이성'에 기반을 두고 있으며, 그런 점에서 여전히 총체성을 꿈꾸는 데서 비롯된다. 이른바 '세계시민', '절대정신'에의 지향을 버리지 못한 결과로서 존재하는 것이다. 즉 현대에 만연한 '단절'을 단절의 형식으로 보여주는 파편적 글쓰기에는— '모더니즘'이라고 명명된 움직임들이 대체로 그렇듯—우울함이 내재해 있다. 그것은, '그럼에도 불구하고 세계시민이 될 수 없으리라'는 우울이다. 결국 '믿음'과 '욕망'의 화학적 결합이 만들어낸 우울인 셈이다. 거대서사를 완성하겠다는 욕망이 그 이전 세대의 상실된 가치를 염원하고 있기에 단절에 절망하며 파편적 글쓰기를 강조하는 것이다. '파편'이라는 말 자체가 '전체'를, '잃어버린 전체'를 염두에 둔 말이라는 점은 새삼스럽다.

3.

자조적이고 자학적인 자기−비판은 아이러니하
게도 강력한 자아를 귀환시키고 만다. 모더니즘적
자기−비판의 끝에서 만나는 것은 곧 글쓰기의 종
언이거나, 혹은 정당화를 위한 자아의 귀환 둘 중
하나이기 때문이다. 이 모든 것은 총체성의 실현,
그리고 '전체'를 파악할 수 있는 자아에 대한 믿음
이 만들어낸 구도에 불과하다. 이러한 구도로부터
벗어날 필요가 있다. 우리가 '예술'에 기대하는,
기대할 수 있는, 기대해야 하는 비판은 다름 아닌
'미적 비판'이다. 모더니즘이 수행한 미적 비판은
어디까지나 보다 '진보'된 아름다움에 의한 비판
이었다. 그리고 그러한 아름다움을 만들어내는 것
은 근본적으로 '자아'였다. 그러나 과연 '미(美)'에
절대적 진보나 우열이라는 개념이 적용될 수 있는
가. 다른 개념들도 그렇지만, 아름다움 역시 맥락
에 의존적이며 상대적인 것이다. 그뿐만 아니라 시
에서 '나'는 그 기호를 사용하는 '나'와 결국 불일

치하고 만다. 다시 말해, 우리는 언어를 마음대로 쓰거나 그 효과를 통제할 수 없다.

여기서 자문한다. 그렇다면 이러한 상황에서 내 시는 과연 어떤 모습이어야 할까. '전체'를 염두에 두지 않는 조각난 글쓰기, 근본적으로 디아스포라 인 글쓰기. 그러면서도 그것들이 서로 이어져 있음 을 보여주는—우리는 때로 사물들의 실루엣(기표) 이 얼마나 서로 닮았는지를 확인하고 경악하기도 한다—글쓰기, 하지만 동시에 그러한 관계가 어긋 날 수밖에 없음을 보여주는 글쓰기. 어쩌면 유희적 인 글쓰기.

왜냐하면 우리의 세계는 '잠재성(virtuality)'으로서의 세계라는 데 동의하기 때문이다. 들뢰즈(J. Deleuze)는 라이프니츠의 개념을 빌려와 『주름』*Le Pli*을 쓴 바 있다. '라이프니츠와 바로크'라는 부제가 달린 이 책에서, 들뢰즈는 세계가 비어 있지 않고 꽉 차 있으며 서로 분리되지 않고 무한한 복수로 중첩되어 있는 주름의 연속체라고 말한다(들뢰즈, 『주름, 라이프니츠와 바로크』, 이찬웅 역, 문학과지성사, 2004 참조). 따라서 세계를 이루는 '최소 단위'는 점(dot)이 아니라 굴곡(inflection)이다.

세계는 한 장의 종이접기(origami)처럼 존재한다. 이때 세계에서의 개별 사물은 '독립'된 것이 아니라 '접힘'으로서 분할되어 있는 상태라고 할 수 있다. 들뢰즈는 라이프니츠의 '단자(單子, monad)' 개념을 다음과 같은 그림으로 설명한다.

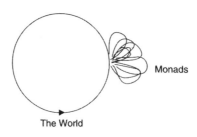

상기 그림은 '실체적으로 독립되어 있음'을 뜻하는 '단자'가, 실은 그렇게 고립된 것이 아니라 실은 세계와, 그리고 다른 단자들과 연결되어 있음을 명쾌하게 보여준다. 그림의 '굴곡'은 바로 그렇게 '접힘'으로 개별적 사물이 만들어짐을 의미한다. 그리고 이는 더 나아가 '재귀적인 중첩 구조'를 형성하는 데까지 이른다. 우주의 만물이 프랙털(fractal) 구조로 이루어져 있다는 말도 같은 맥락에 놓인 통찰이다. 프랙털은 어떤 하나의 구조가 반복되면서 그 구조와 동일한 전체 구조가 만들어지는 현상으로, 부분이 전체를 닮는 '자기 유사성(self-similarity)'과 그러한 유사성이 반복적으로 중첩되는 '순환성(recursiveness)' 등을 가지고 있다. 프랙털은 우리의 일상생활에서도 쉽게 접할 수 있다. 나무와 잎맥, 소라 껍데기 등등, 그것은 세계에 편재遍在한다. 하지만 그렇다고 해서 모든 것이 모든 것에 연결되어 있음에 감동한 나머지 저 '주름'이 만들어내는 '차이'를 망각해서는 곤란하다. 세계와 합일을 그토록 쉽게 이루는—물론 그것은 어디까지나 '착각'이지만—시들은 바로 그러한 차이를 망각한 결과다. 세계는 결코 '평평'하지 않다.

이때 중요한 것은 '접힘'과 '펼쳐짐'—혹은 긴장과 이완, 수축과 팽창, 분화와 진화 등도—이 결코 상호 대립적인 관계가 아니며, 또한 원인-결과의 관계도 아니라는 점이다. 서로 달라 보이는 사물이 실은 세계의 '다른 접힘 방식'이 만들어낸 결과라면, 접혀 있던 것을 펼친다고 해도 그것은 (주름이기 때문에) 어디까지나 '다른 방식으로 접혀 있는' 주름이다. 펼침이 평평한, 말하자면 단자들이 생성되기 이전의 '순수한' 상태에 이르는 방법이라고 생각할 때 형이상학은 시작된다. 그리하여 다시 말하지만, '펼침'은 곧 다른 방식의 '주름'이다.

4.

들뢰즈의 논의에 따르면, 개별적인 것으로 보이는 단자들은 '세계'를 통해 '주름'으로서 상호 연결되어 있으며, 그러한 사물들은 세계의 '있음'에 의해 '가시可視/비가시非可視'와 무관하게 실재實在한다고 할 수 있다. 이는 곧 '잠재성' 개념으로 이어진다. 잠재성은 흔히 떠올리는 '가능성'과는 다르다. "가능한 것은 실재화(realize)되어 실재가 되는 것이고, 잠재적인 것은 현실화(actualize)되어 현실이 되는 것"이다. "가능한 것은 실재화되기 이전에는 실재가 아니지만 잠재적인 것은 현실화되기 이전에도 이미 실재적"이다(봉일범, 『잠재성의 차원』, spacetime, 2005, 51쪽).

그렇다면 어떻게 시로 이러한 '잠재성으로서의 세계'를 드러낼 것인가. 이것이 내 시의 화두라고 할 수 있다. 하지만 우선 이 '잠재성'이 형이상학에서 말하는 '진리'나 '원리'가 아니라는 점, 그리고 그것을 찾고자 하는 행위가 구도求道가 아니라는 점을 강조해야겠다. '잠재성으로서의 세계'는 결코 특정한 내용을 가지지 않기 때문이다. 실재가 곧 '실체(substance)'는 아니다. 잠재성으로서의 세계를 드러내는 것은 다만 세계의 실상을 드러냄으로써 일상의 논리를 끊임없이 벗어나려는 데 있다. 물론 잠재성으로서의 세계는 '직접적인' 언술로 드러나지 않으며 겨우 간접적인 효과에 의해서 암시될 수 있을 뿐이다. 그것은 또한 불가능에 도전하는 일이며 끝내 실패할 수밖에 없는 작업이기도 하다. 언어는 인간인 우리들이 어떻게 생각하는지를 반영하지 세계를 반영하는 것은 아니기 때문이다. 하지만 시도한다. 비록 그 시도가 시도만으로 끝난다고 해도.

어떻게 암시하는가. 들뢰즈는 잠재성을 논하는 데 있어 '미로(迷路, labyrinth)'를 든다. "미로는 복잡한 것(multiple)이라고 이야기되는데, 어원학적으로 많은 주름(pli)을 갖기 때문이다. 복잡한 것은 단지 많은 부분을 가진 것일 뿐만 아니라, 또한 많은 방식으로 주름 잡힌 것이기도 하다."(들뢰즈, 앞의 책, 11쪽) 봉일범은 잠재적인 것을 "무수한 양으로 저장되어 있는 정보의 긍정적인 결속, 즉 수많은 무한성들이 압축되어 있는 미로"라고 말한다.(봉일범, 앞의 책, 99쪽) 그렇다면 미로가 무한히 분기하는 과정을 보여주는 것이 잠재성으로서의 세계를 드러내는 한 방법이 될 수 있지 않을까. 미로의 '迷'는 팔방으로 뻗어 나가는 형상의 '米'를 포함한다. 색종이를 가지고 종이접기를 하여 어떤 형상을 가진 사물을 만든다고 가정해보자. 이때 거의 모든 종이접기는 '米'와 같은 자국이 남도록 접는 과정을 포함한다. 말하자면 이것은 종이접기에 있어서 일종의 '알[卵]'과 같다.

나는 언어를 그러한 미로라고 생각한다. 미로는, 그리고 언어는 세계와 본질적인 관계를 맺고 있지 않지만 어떤 부분에서는 닮아있지 않을까. 비트겐슈타인(L. Wittgenstein)이 말한 '가족유사성'의 닮음으로 말이다. 그리하여 언어가 무한히 분기하는 과정을 보여주려 하는 것이다. 기표의 닮음을 통해 자유롭게 흐르는 것을, 단어와 구절의 다양한 배치를 통해 서로 겹치는 것을 보여주려 한다. 그래서 내 시는 '필연적으로' 유희적이다.

시와반시 기획시인선 012
타이포토피아

2020년 4월 20일 초판 1쇄

지은이 | 김청우
펴낸이 | 강현국
펴낸곳 | 도서출판 시와반시

등록 | 2011년 10월 21일 (제25100-2011-000034호)
주소 | 대구광역시 수성구 지산로 14길 83, 101-2408호
대표전화 | 053)654-0027
팩스 | 053)622-0377
E-mail | khguk92@hanmail.net

ISBN 978-89-8345-067-8 03800